ACTION ZONE

Cliff Millard

DAS GEHEIMNIS DER VERGESSENEN STADT

UEBERREUTER

ISBN 978-3-8000-5307-0

Lektorat: Peter Thannisch/Dr. Sabine Jansen
Umschlaggestaltung von Init, Büro für Gestaltung, Bielefeld
unter Verwendung eines Fotos von Getty Images

Druck: Friedrich Pustet, Regensburg
7 6 5 4 3 2 1

Ueberreuter im Internet: www.ueberreuter.at

DER FREMDE VATER

Lucy Clark seufzte. Normalerweise hätte sich das Mädchen auf die großen Ferien gefreut. Noch zwei Tage, dann war das Schuljahr zu Ende. Aber dieses Jahr lag die wochenlange freie Zeit wie ein schwarzer Abgrund vor ihr. Lucys Leben verlief nicht mehr normal. Denn vor einer Woche war ihre Mutter mit dem Auto tödlich verunglückt.

Die gleichaltrige Violet Banks wohnte nur zwei Häuser weiter. Sie war Lucys beste Freundin, schon seit dem Kindergarten. Mit leichter Verspätung kam sie aus dem Haus ihrer Eltern gedüst.

In diesem Moment bog auch schon der gelbe Schulbus um die Ecke. Er würde die beiden Mädchen zur Oceanside Highschool bringen. So wie jeden Morgen.

Wenigstens etwas, das sich in meinem Leben nicht total verändert hat, dachte Lucy voller Bitterkeit. Noch vor einer Woche war alles wie immer gewesen. Sie war beliebt bei ihren Schulkameraden, hatte viele Freundinnen und einige Verehrer. Lucy spielte voller Energie Volley- und Wasserball und trainierte in ihrer Freizeit Judo. Ihre Schulleistungen waren okay, aber als Streberin konnte man sie auf keinen Fall bezeichnen.

Und dann kam dieser Unfall, der urplötzlich alles verändert hatte.

»Hi, Vio.« Lucy versuchte zu lächeln, als die Freundin sie erreichte und sie gemeinsam in den Bus stiegen. Violet hatte sich in den letzten Tagen total lieb um sie gekümmert. Außerdem hatte die Klassenlehrerin Mrs Doherty geraten, dass Lucy regelmäßig mit der Schulpsychologin Miss Eden sprechen sollte.

»Das ist wichtig, damit deine seelischen Wunden heilen, Lucy«, hatte die Lehrerin gesagt. Lucy hatte nur teilnahmslos genickt. Sie konnte sich nicht vorstellen, jemals über Moms Tod hinwegzukommen. Zwei Tage war es nun her, seit Eileen Clark auf dem Friedhof von Oceanside ihre letzte Ruhe gefunden hatte.

Violet Banks ahnte, dass ihre Freundin an die Beerdigung dachte. Sie erwiderte Lucys Gruß und versuchte, sich ebenfalls locker zu geben. Aber das war bei ihr genauso sinnlos wie bei Lucy. Gewiss, Violet hatte keinen geliebten Menschen verloren. Aber es ließ sie natürlich nicht kalt, dass es ihrer besten Freundin so mies ging.

Fieberhaft suchte Violet nach einem unverfänglichen Plauderthema. Aber ihr fiel nichts ein. Daher war sie beinahe dankbar für den Höllenkrach, den einige kleinere Kids im Bus veranstalteten. Aber trotz des Lärms drang Lucys Stimme deutlich an ihr Ohr.

»Zwei Tage liegt das Begräbnis nun zurück. Und er hat immer noch nichts von sich hören lassen.«

Die Stimme der Freundin hörte sich nicht anklagend an, eher

gelangweilt. Das fand Violet viel gruseliger. Sie musste auch nicht nachfragen, wen Lucy mit »er« meinte. Da gab es nur eine Person.

Professor Thomas Clark, der berühmte Altertumsforscher. Er war Lucys Dad und mit Lucys Mom verheiratet gewesen. Aber beim Begräbnis seiner Frau war er nicht erschienen.

»Dein Dad wurde bestimmt aufgehalten.« Violet machte einen lahmen Versuch, Thomas Clark zu verteidigen. Das hatte sie in den letzten Tagen schon öfter getan. »Er ist doch irgendwo mitten in der Wildnis, oder?«

»Er ist immer weit weg in irgendeiner Einöde. Ich kann mich kaum noch an ihn erinnern.«

Das war vielleicht übertrieben. Aber Violet wusste, dass der Dad ihrer Freundin wirklich nur wenige Wochen pro Jahr bei seiner Familie verbrachte. Wenn Professor Clark nicht irgendeine Expedition am Ende der Welt leitete, dann befand er sich auf Vortragsreisen.

»Jedenfalls ist er nicht da, wenn ich ihn brauche.« Mit diesen Worten schloss Lucy ihr vernichtendes Urteil ab.

Violet hatte keine Lust, weiterhin für Lucys Dad Partei zu ergreifen. Sie fand es ja selbst mies, dass er noch nicht nach Hause gekommen war. Man hatte ihn sofort vom Tod seiner Frau benachrichtigt. Aber das war nun eine Woche her. Seitdem hatte sich Thomas Clark nicht gemeldet. Kein Anruf, keine SMS, keine Mail, kein Telegramm, kein Brief, nichts.

Violet atmete auf, als der Busfahrer das Fahrzeug vor der

Highschool zum Stehen brachte. Nun war erst einmal Unterricht angesagt. Das würde Lucy hoffentlich ablenken. Im Haus der Clarks war vorübergehend Lucys Großtante Norma aus Nebraska eingezogen. Sie bekochte Violets Freundin und kümmerte sich um den Haushalt, bis ihr Dad hoffentlich irgendwann einmal auf der Bildfläche erscheinen würde.

Violet wusste, dass Lucy von der Großtante nicht gerade begeistert war. Norma hatte wohl ziemlich veraltete Ansichten – in jeder Hinsicht. Sie stand auf Kleidchen und Kniestrümpfe und machte Lucy die Hölle heiß, wenn sie in engen Jeans zur Schule fahren wollte.

Außerdem beschränkte sich Normas Kochkunst auf Irish Stew. Darunter verstand sie einen Eintopf aus Gemüse und Lammfleisch, stundenlang auf kleiner Flamme gekocht ...

Beim Volleyball in der Schule zeigte Lucy nur eine mäßige Leistung. Dabei ging sie sonst immer voll in jedem Spiel auf. Aber an diesem Tag erinnerten ihre Bewegungen an die eines Roboters.

Trotzdem war Violet froh, dass ihre Freundin überhaupt an Sport und Unterricht teilnahm. Und sich nicht daheim in ihrem Schmerz vergrub. Doch insgeheim ahnte das Mädchen, wie wenig Lucy bisher den Tod ihrer Mutter verkraftet hatte.

Der Schultag verging. Lucy war still. So wie immer, seit sie von dem Unfalltod ihrer Mutter erfahren hatte. Am ersten Tag hatte Lucy nur geweint. Danach war sie äußerlich immer teilnahmsloser geworden. Und das fand ihre Freundin viel schlimmer.

»Treffen wir uns heute Nachmittag?«, fragte Violet, als sie wieder im Schulbus saßen.

»Sicher, warum nicht. Mein Dad wird ja wohl nicht ausgerechnet heute auftauchen.«

Doch als der Bus sie an ihrer Haltestelle absetzte, sahen die beiden Mädchen einen Landrover mit Leihwagen-Nummernschildern vor dem Clark-Haus stehen. Lucy schnaubte ironisch durch die Nase.

»Jede Wette, das ist er! Nun schau dir dieses Auto an, Vio. Als würde Oceanside mitten in der Steppe liegen. Ob er wohl vom Flughafen in Los Angeles bis hierher querfeldein gefahren ist? Was für ein Angeber!«

Man konnte deutlich hören, wie sauer Lucy auf ihren Dad war. Aber nach Violets Ansicht war das gesünder als die gleichgültige Stumpfheit in den ersten Trauertagen.

»Ich ruf dich nachher an!«, rief Violet. Sie verabschiedete sich mit einem Küsschen auf die Wange ihrer Freundin. »Halt die Ohren steif – und sei nicht zu gemein!«

Lucy schnitt eine Grimasse, winkte Vio dann aber doch lächelnd zu. Manchmal glaubte sie, dass das Mädchen von nebenan sie besser kannte als sie sich selber.

Lucy stieß die Eingangstür auf. Wie in den meisten amerikanischen Häusern gab es auch bei den Clarks keinen Flur. Es ging rechts zur Küche und zum Hauswirtschaftsraum, links zur Treppe in den ersten Stock und zum Wohnbereich.

Großtante Norma saß mit einem Mann auf dem Sofa, der Lucy

bekannt vorkam. Jedenfalls ein bisschen. Sie gab sich cool, obwohl sie merkte, dass ihr Herz schneller schlug. Das Mädchen warf die Schultasche Richtung Küche. Sie landete mit einem lauten Klatschen an der Wand.

»Wie oft habe ich dir schon gesagt, du sollst deine Tasche ordentlich wegstellen!«, meckerte Norma. Dann fuhr sie mit freundlicherem Tonfall fort: »Sieh nur, wer hier ist!«

Der Mann erhob sich vom Sofa, lächelte scheu.

»Die Heiligen Drei Könige aus dem Morgenland?«, entgegnete Lucy spitz. »Ich meine natürlich: nur einer von denen.«

Dad lächelte immer noch, schlug aber die Augen nieder. Er näherte sich Lucy.

»Sei nicht so frech, Lucy«, mahnte die Großtante. Aber es klang so, als ob sie nichts anderes erwartet hätte.

»Das habe ich verdient, schätze ich«, meinte Lucys Vater traurig. »Aber es war wirklich nicht meine Schuld, dass ich nicht zum Begräbnis deiner Mutter kommen konnte. Und glaube mir, Lucy, es macht mich sehr traurig. Vor allem, dass ich in dieser schweren Zeit nicht für dich da sein konnte!«

»Zwei Tage Verspätung, was ist das schon.« Lucy konnte einfach nicht aufhören, ihrem Dad Vorhaltungen zu machen. Sie wollte ihren Vater verletzen. Sie wollte ihm zeigen, wie sehr sie von ihm enttäuscht war.

Doch er ging nicht darauf ein. Stattdessen drückte er Lucy an sich, die seine unbeholfene Umarmung mehr über sich ergehen ließ, als sie zu erwidern.

»Wir sind jetzt eine sehr kleine Familie«, flüsterte er.

Lucy lag schon wieder eine Gemeinheit auf der Zunge. Aber sie schluckte sie herunter. Ihr Vater hatte ja recht. Mom war nicht mehr da und sie hatten nur noch einander. Das wusste Lucy selbst. Aber dieser Mann, den sie nun auch zaghaft umarmte, war einstweilen ein Fremder für sie.

Ein fremder Vater ...

»Das Essen ist fertig.«

Mit diesen Worten beendete Großtante Norma die Begrüßung zwischen Lucy und ihrem Dad.

Wenig später saßen alle drei in der Küche und aßen. Lucy löffelte ihr Irish Stew. Der Eintopf schmeckte ihr nicht, genauso wenig wie an den vorigen Tagen. Aber da sie nicht wild auf Ärger war, aß sie ihre Portion ohne Klagen auf. Dad erzählte derweil von seiner Reise und von den Widrigkeiten, die ihn an einer rechtzeitigen Heimkehr gehindert hatten.

»Ich war in Zentralasien, in einer kaum bewohnten Gebirgsregion irgendwo zwischen China, Russland und dem Iran. Wir haben dort ein mindestens tausend Jahre altes Kloster ausgegraben. Die Nachricht vom Tod deiner Mutter erreichte mich über Funktelefon. Aber dann kam ein entsetzlicher Sturm auf. Die Antenne brach ab. Handys kann man dort draußen nicht einsetzen, weil es keine Netze gibt. Ich habe mich gleich auf den Weg zurück nach Amerika gemacht. Aber unser Geländewagen stürzte in eine Schlucht. Im letzten Moment konnte ich mich retten.

Das schnellste Transportmittel war eine Kamel-Karawane. Ob du es glaubst oder nicht, vier Tage waren wir unterwegs, dann erreichte ich Samara. Dort gibt es einen Provinz-Airport. Aber erneut brach ein Sturm los. Bei dem Wetter fliegen dort noch nicht einmal die Steppenpiloten. Als es endlich besser wurde, habe ich eine Maschine nach Moskau genommen. Und von dort aus den ersten Transatlantikflug nach Amerika. Ja, und hier bin ich nun.«

»War es nicht vielleicht anders?«, fragte Lucy leise.

»Was meinst du?«

»Hast du nicht vielleicht erst deine Ausgrabungen beenden wollen, bevor du hergekommen bist?«

»Lucy!«, rief Großtante Norma. »Willst du damit sagen, dass dein Vater lügt?«

Das Mädchen hielt dem drohenden Blick ihrer Tante stand. »Ich weiß nur, dass Dad immer wichtige Forschungsarbeiten zu erledigen hat. Seit ich denken kann. Das war immer wichtiger als alles andere. Wie oft haben wir Moms Geburtstag ohne dich gefeiert, Dad? Wie oft meinen Geburtstag? Oder Weihnachten? Warum sollte es ausgerechnet diesmal anders gewesen sein?«

»Das kann man ja wohl nicht vergleichen!«, behauptete die Großtante.

Aber Dad schüttelte nur traurig den Kopf. »Lass nur, Norma. Ich ... ich verstehe Lucy. Der Schmerz ist noch sehr frisch. – Bloß, du musst mir glauben. Ich wollte wirklich wenigstens zur Beerdigung hier sein. Doch es ging einfach nicht.«

Lucy nickte nur. Sie wusste nicht, ob sie ihrem Vater glauben sollte oder nicht. Sie wusste es einfach nicht.

Großtante Norma lächelte Dad zu und tätschelte seinen Unterarm. »Nun bist du ja jedenfalls endlich wieder zu Hause. Oder musst du zu diesem antiken Kloster zurückkehren?«

»Nein, das nicht. Die Arbeiten können auch ohne mich abgeschlossen werden. Ich habe mit dem Ausgrabungsleiter gesprochen.«

Doch Lucy spürte, dass dies nicht die ganze Wahrheit war. Dad hatte nicht alles gesagt. Aber sie hielt erst einmal ihren Schnabel. Stattdessen musterte sie ihren Vater forschend.

Es war gewiss ein halbes Jahr her, seit sie ihn das letzte Mal gesehen hatte. Eigentlich gab es kaum äußerliche Ähnlichkeit zwischen ihnen. Alle Verwandten und Freunde sagten, Lucy wäre ihrer Mom wie aus dem Gesicht geschnitten. Und das stimmte auch. Das Mädchen kannte Fotos von der Mutter aus deren Teenager-Jahren. Da hatte sie wirklich ausgesehen wie Lucy. Lucy in Retro-Klamotten.

Dads Gesicht war hager und sonnenverbrannt, was ihm zusätzlich ein fremdes Aussehen verlieh. Es gab nur eine auffallende Ähnlichkeit zwischen Vater und Tochter: Beide hatten leuchtend grüne Augen. Die von Mom hingegen waren haselnussbraun gewesen.

Nach dem Essen bat Dad Lucy höflich zu einem Gespräch in sein Arbeitszimmer. Das war ein Raum, der in Abwesenheit des Vaters stets verschlossen gehalten wurde. Außer unzähligen

Büchern befanden sich dort unersetzliche Erinnerungsstücke an seine vielen Reisen: Masken, Statuen, Karten, Eingeborenenkunst und Ähnliches. Daher war dieses Zimmer für Lucy ein exotischer Ort in ihrem eigenen Elternhaus.

Obwohl sie sich cool geben wollte, kam sie doch aus dem Staunen nicht heraus. Dad folgte ihrem Blick und deutete auf einige Gegenstände. »Das ist ein altes chinesisches Richtschwert, Lucy. Daneben links hängt eine Tanzmaske der Prärie-Indianer für ihren Sonnentanz. Dieses seltsame lange Blasinstrument aus Holz ist ein sogenanntes Didgeridoo und stammt von den australischen Ureinwohnern, den Aborigines.«

»Du kommst wirklich weit herum in der Welt, Dad.« Lucy ließ offen, ob sie diesen Satz positiv meinte oder nicht. »Wolltest du darüber mit mir sprechen?«

Ihr Vater ließ die Frage einstweilen offen. »Hast du eigentlich schon Pläne für die großen Ferien, Lucy?«

»Mom wollte mit mir eine Campingtour durch den Yellowstone-Nationalpark machen. Aber ...«

Es war nicht nötig, diesen Satz zu beenden. Lucy kämpfte mit den Tränen. Manchmal schaffte sie es schon stundenlang, nicht zu weinen. Aber dann kamen die Erinnerungen so stark hoch, dass es ihr die Kehle zuschnürte.

Dad, der eben an seinem Schreibtisch gesessen hatte, kam herüber und legte den Arm um ihre Schultern. »Meinst du, es könnte dir in Mexiko gefallen?«

Lucy schaute ihren Dad neugierig an. Er sprach weiter. »Es ist nicht gerade ein Badeurlaub oder so was. Aber wenn du Lust hattest, im Yellowstone-Park zu wandern, dann ...«

Lucy begriff. Sie war ja nicht von vorgestern. »Ich hatte Lust, mit Mom etwas zu unternehmen! Aber du – du planst nur wieder eine neue Expedition oder Ausgrabung! Und da willst du mich mitnehmen, weil das für dich bequemer ist!«

»Schau mal, Lucy ...«

Aber Lucy hörte nicht mehr zu. Weinend lief sie aus dem fremden Raum, fort von dem für sie fremden Vater. Lucy rannte in ihr Zimmer und warf sich auf das Bett.

DIE STADT DER DOPPELSCHLANGE

Am nächsten Morgen sah die Welt schon wieder freundlicher aus. Beim Frühstück kam Dad nicht noch einmal auf Mexiko zu sprechen. Und auch Lucy hatte keine Lust, das Thema anzuschneiden.

»Es ist, als würde er Mom gar nicht vermissen«, sagte Lucy später zu Violet. »Dad macht einfach so weiter wie bisher. Er reist zu den entlegensten Plätzen der Welt. Aber diesmal will er mich gnädigerweise mitnehmen.«

»Worum geht es denn bei dieser Expedition?«, fragte die Freundin neugierig.

»Keine Ahnung. Ich werde jedenfalls nicht mitkommen.«

An diesem Tag hatte Lucy außer dem Unterricht auch eines ihrer Gespräche mit der Schulpsychologin Miss Eden. Diese war eine stets freundliche und gelassene Frau Anfang dreißig. Ihre kurzen Haare waren rot gefärbt.

»Ich halte es für eine gute Idee, wenn du deinen Vater nach Mexiko begleitest, Lucy.« Diesen Satz sprach die Therapeutin gleich zu Beginn der Stunde in ihrem gemütlich eingerichteten Büro.

Lucy fiel aus allen Wolken. »Woher wissen Sie denn davon?«

»Dein Vater war bei mir, während du heute Vormittag Unterricht hattest. Er bedauert sehr, was geschehen ist.«

»Davon habe ich aber noch nichts gemerkt!«, sagte Lucy bockig.

»Dein Vater trauert gewiss auf eine andere Art als du um deine Mutter. Nur weil er selten zu Hause war, heißt das nicht, dass er deine Mom nicht geliebt hat. Und sie ihn. Sie hat genau gewusst, wen sie da heiratet. Professor Clark war immer viel auf Reisen, schon als Student. Deine Mutter war sich darüber im Klaren.«

Lucy wusste nicht, was sie darauf erwidern sollte. Es stimmte schon, ihre Mom hatte sich nie über ihren Dad beklagt. Jedenfalls konnte sich das Mädchen nicht daran erinnern.

»Vielleicht kann diese gemeinsame Reise nach Mexiko ja so etwas wie ein Neuanfang für deinen Vater und dich sein.«

Miss Eden lächelte Lucy zu.

»Meinen Sie echt?«

»Einen Versuch wäre es wert, finde ich. Du und dein Vater, ihr seid jetzt so etwas wie eine Mini-Familie.«

Das waren fast genau die Worte, die ihr Dad am Vortag benutzt hatte: *Wir sind jetzt eine sehr kleine Familie.*

Lucy dachte über ihre Situation nach. Ihr Vater war eigentlich immer noch ein Fremder für sie. Aber wie sollte sich das jemals ändern, wenn sie ihn nie länger als einen oder zwei Tage am Stück sah?

»Also gut, Miss Eden. Was soll ich denn nun zu meinem Dad sagen?«

»Erst mal nur, dass du ihn begleiten möchtest. Er wird sich

bestimmt freuen. Alles Weitere musst du auf dich zukommen lassen. Neue Eindrücke und Erfahrungen können dir helfen, mit dem Tod deiner Mutter fertig zu werden.«

Lucy seufzte. »Ich werde es versuchen.«

Die Schulpsychologin blinzelte ihr zu. »Ich kann mir vorstellen, dass diese Reise in den Urwald nicht gerade langweilig wird.«

Vom Urwald hatte Dad ihr noch gar nichts erzählt. Allerdings hatte Lucy ihm auch bisher keine Gelegenheit gegeben, seine Pläne ausführlicher vor ihr auszubreiten.

Miss Eden stand auf und gab dem Mädchen ihre Hand. »Ich wünsche dir spannende Ferien, Lucy. Wir sehen uns dann im neuen Schuljahr.«

Natürlich musste Lucy erst einmal alles mit Violet besprechen. Aber auch ihre Freundin war Feuer und Flamme für den Dschungeltrip.

»Das stelle ich mir wahnsinnig aufregend vor!«, schwärmte sie. »Mitten in der Wildnis, mit Jaguaren und Kolibris ...«

»... und Riesenspinnen«, ergänzte Lucy. Vor denen gruselte sich Violet nämlich ganz fürchterlich.

Prompt machte ihre Freundin ein Gesicht, als hätte sie in eine saure Zitrone gebissen. »Ja, aber es wird bestimmt trotzdem ganz toll.«

»Abwarten«, entgegnete Lucy. Jetzt, da sie sich zum Mitkommen durchgerungen hatte, wollte sie unbedingt mehr über die Reise erfahren.

Doch als Lucy nach Hause kam, war ihr Vater nicht da. Nur Großtante Norma stand in der Küche und rührte in einem Topf mit Irish Stew. Lucy hoffte inständig, dass dieses Gericht nicht auch in Mexiko auf dem täglichen Speiseplan auftauchte.

»Wo ist denn Dad?«, fragte sie, als sie wenig später ihren Eintopf löffelte.

»Dein Vater wollte noch einige Ausrüstungsgegenstände besorgen und ... Ah, da ist er ja!«

In diesem Moment ging die Haustür auf und Professor Thomas Clark trat ein. Er war schwer beladen mit Tragetaschen und Kartons.

»Ich komme mit nach Mexiko!«, sagte Lucy schnell, bevor sie es sich wieder anders überlegen konnte. »Vorausgesetzt, ich bin wieder hier, wenn die Schule anfängt. Sonst bekomme ich nämlich Ärger.«

»Ja, das sollte kein Problem sein.« Dad schien sich zu freuen. Allerdings konnte sie sein Gesicht über den Kartons kaum sehen. »Wenn du Lust hast, komm doch gleich in mein Arbeitszimmer. Dann erzähle ich dir etwas über unsere Expedition.«

Das fand Lucy auf jeden Fall verlockender als noch einen weiteren Teller des Eintopfgerichts. Sie bedankte sich bei der Großtante für das »leckere Mittagessen« und machte eine begeisterte Miene. Dann flitzte Lucy in den fremden Raum, der inzwischen schon ein wenig vertrauter war.

Ihr Vater schien froh und erleichtert darüber, dass sie etwas zugänglicher geworden war als am Vortag.

Kein Wunder, dachte Lucy. Jetzt tanze ich ja auch nach seiner Pfeife!

Aber sie erinnerte sich rechtzeitig an die Worte von Miss Eden. Lucy musste versuchen, irgendwie mit ihrem Dad auszukommen. Doch das fiel ihr schwer. Also sagte sie erst einmal überhaupt nichts.

Ihren Vater schien das nicht zu stören. Er ordnete seine Einkäufe und bat Lucy, es sich bequem zu machen. Sie ließ sich in einen herrlich gemütlichen Ledersessel fallen.

»Wie viel weißt du über die Azteken, Lucy?«, fragte Dad plötzlich.

»Das war ein Indianervolk im Gebiet des heutigen Mexiko, glaube ich. Die haben auch Pyramiden gebaut, genau wie die Inkas.«

»Richtig. Die Azteken hatten eine Hochkultur. Und zwar schon lange, bevor die ersten europäischen Eroberer nach Amerika kamen. Ihre Hauptstadt Tenochtitlán wurde auf Inseln mitten in einem See erbaut. Sie hatte wahrscheinlich zweihunderttausend Einwohner und war vor vierhundert Jahren die größte Stadt des amerikanischen Kontinents.«

»Und nach dieser Stadt willst du suchen?«, riet Lucy.

»Nein, das nicht. Tenochtitlán gibt es nicht mehr. Es war sozusagen die Keimzelle des heutigen Mexico City. Unsere Forschungsreise wird uns auf die Halbinsel Yucatán führen. Wenn überhaupt, dann finden wir dort unser Ziel – eine andere, geheimnisvolle und nahezu vergessene Aztekenstadt.«

»Du weißt aber nicht, ob es diese Stadt wirklich gibt?«

»Das weiß niemand.«

Dad ging zur Wand hinüber. Er schob ein Gemälde zur Seite. Dahinter befand sich ein Tresor, den Lucy noch niemals zuvor gesehen hatte. Ihr Vater öffnete ihn und holte eine Schatulle hervor. Mit einer Kopfbewegung bedeutete er seiner Tochter, an den Schreibtisch zu treten.

Lucy beugte sich nach vorn. Dad holte eine Figur aus der Schatulle. Sie war aus purem Gold und glänzte im Licht der Schreibtischlampe.

Das Kleinod stellte eine Schlange dar. Aber es war kein gewöhnliches Kriechtier. Die Schlange hatte keinen Schwanz, dafür aber zwei Köpfe, deren zähnegespickten Mäuler drohend in verschiedene Richtungen wiesen.

»Wow!«

Das war alles, was dem Mädchen dazu einfiel. Ihr Vater wartete noch einen Moment, dann schloss er die Goldstatue wieder ein.

»Diese Figur wurde Doppelschlange genannt, Lucy. Die Azteken haben ihr der Überlieferung nach eine ganze Stadt gewidmet. Wir wissen nicht, wie groß diese Stadt war. Vielleicht muss man sich darunter nur ein Dorf mit hundert Einwohnern vorstellen. Vielleicht war sie aber auch halb so groß wie die aztekische Metropole.«

»Warum ist so wenig darüber bekannt, Dad?«

»Dafür gibt es mehrere Gründe. Erstens haben die spanischen Eroberer vieles von der Azteken-Kultur zerstört. Also auch die schriftlichen Überlieferungen.«

»Die Azteken hatten auch eine Schrift?«

»Ja, eine Bilderschrift, eine Art Comic. Aber sie war nicht so perfekt wie beispielsweise die Hieroglyphen der antiken Ägypter. Und das ist eine weitere Ursache für gewisse Ungenauigkeiten. Es ist nicht immer klar, was die Bilder bedeuten sollen, und so kommt es häufig zu Missverständnissen.«

»Verstehe.« Lucy hatte sich wieder in den Sessel fallen lassen. »Diese Stadt der Doppelschlange liegt also mitten im Urwald, falls es sie gibt?«

Dad nickte. »Die Azteken waren sehr kunstfertig, wie du an der Statue sehen konntest.«

»Die ist wunderschön, echt!«

»Ja, aber genau diese Perfektion wurde den Azteken zum Verhängnis. Sie waren ein reiches Volk, dem viele ihrer Nachbarn Tributzahlungen leisten mussten. Die Azteken verkleideten ihre Tempel und Pyramiden mit Gold, und sie errichteten auch lebensgroße Denkmäler aus Gold. Als die Spanier an den Küsten des aztekischen Reiches landeten, wurden sie fast wahnsinnig vor Gier nach dem Edelmetall. Sie raubten alles, was sie bekommen konnten.«

»Und das haben sich die Azteken gefallen lassen?«

»Ja und nein. Eigentlich waren die Azteken ein knallhartes Kriegervolk und hatten schlachterprobte Soldaten. Aber sie verfügten nicht über Feuerwaffen und auch nicht über Pferde. Damit hatten sie gegen die spanische Reiterei keine Chance.«

»Keine Pferde?«, wiederholte Lucy ungläubig. »Aber in Mexiko und Texas und so gibt es doch überall Pferde. Jedenfalls sieht man das immer im Fernsehen.«

»Heutzutage schon, Lucy. Aber damals gab es in ganz Amerika keine Pferde. Abgesehen von den Tieren, die von den Eroberern per Schiff aus Spanien mitgebracht wurden.«

Lucy nickte. Sie hatte genau zugehört.

»Die Azteken haben also erfolglos gegen die Spanier gekämpft.«

»Genau. Aber einige ihrer Herrscher waren auch überzeugt davon, die Spanier wären überlegene Wesen oder gar Götter. Es gab nämlich eine aztekische Prophezeiung von göttlichen Wesen mit Bärten und weißer Haut, die aus dem Westen kommen würden. Und denen musste sich das aztekische Volk unterwerfen, um den Willen der Götter zu erfüllen.«

»Aua! So eine Weissagung kam den Spaniern wahrscheinlich gerade recht.«

»So ist es. Aber nicht alle Azteken dachten so. Während ihr Herrscher Montezuma in spanische Gefangenschaft geriet, schufen einige Hohepriester heimlich die Stadt der Doppelschlange.«

»Was hat diese Doppelschlange eigentlich zu bedeuten?«

»Die Doppelschlange ist eine Art Rachedämon. In der Stadt sollten Getreidespeicher und Lager für Trockenbohnen eingerichtet werden. Und am wichtigsten: Dort ist ein Teil des aztekischen Königsschatzes versteckt. Und damit die Spanier die

Stadt nicht finden konnten, wurde sie mit einem Fluch belegt.«

»Königsschatz? Also Gold?«

»Ja, Gold in Form von solchen und ähnlichen Statuen – angeblich. Die Azteken wollten es vor den Spaniern verbergen. Dann ging das aztekische Reich unter und das Land wurde eine spanische Kolonie.«

Lucy schwieg. Sie musste erst einmal verarbeiten, was sie soeben erfahren hatte. Nach einer Weile stellte sie wieder eine Frage: »Und wie bist du an diese Statue gekommen?«

»Durch einen Mittelsmann oder Informanten oder wie man das nennen will. Ich habe solche Leute auf allen Kontinenten, Lucy. Es sind Frauen und Männer, die für mich die Augen offen halten. Ich kann ja nicht überall gleichzeitig sein. Diesem Mittelsmann wurde die Statue auf einem ganz normalen Wochenmarkt in Villahermosa verkauft. Das ist eine mexikanische Kleinstadt.«

»Und nun glaubst du, dass es diese Stadt der Doppelschlange wirklich gibt?«

»Ja, dazu habe ich jetzt allen Grund, denn bislang ist eine solche Figur noch niemals in die Hände von Altertumsforschern gelangt. Wie gesagt: Die Doppelschlange ist eine Art Dämon. Die ganze Stadt wurde von den Hohenpriestern mit einem Fluch belegt. Es wäre eine Sensation, wenn wir sie entdecken würden.«

Lucy hatte eine Landkarte von Mexiko auf dem Arbeitstisch ihres Vaters gesehen. Sie stand auf, ging zurück zum Schreibtisch und fand nach einigem Suchen die Halbinsel Yucatán.

»Yucatán ist ja größer als der Staat Florida!«, rief Lucy. Ihr kam das Vorhaben immer irrsinniger vor. »Wie willst du diese vergessene Stadt dort finden?«

»Wir müssen nicht überall suchen«, antwortete ihr Dad. »Der Verkäufer hat die Statue angeblich in einem Flussbett gefunden. Angenommen, das stimmt – es gibt in der Nähe von Villahermosa nur einen Fluss. Wenn das Wasser im Lauf der Jahrhunderte die Statue bis zur Mündung gespült hat ...«

»Ah, ich verstehe! Du meinst, wir müssen nur die Ufer dieses Flusses absuchen!«

»Ja, und das machen wir auch nicht allein. Ich werde Einheimische anheuern, die uns bei der Suche helfen.«

»Und was ist mit dem Fluch?«

»Ich glaube nicht an so etwas, Lucy. Was ist mit dir?«

Das Mädchen lachte. »Ich doch nicht!«

AY, MUCHACHA!

Die Zeit bis zur Abreise verging wie im Flug. Lucys Vater hatte sein halbes Leben unterwegs verbracht, und auch diesmal hatte er alles perfekt organisiert. Das fing beim Outfit an.

Lucy hätte lieber Sneakers getragen. Aber sie ließ sich überzeugen, dass geschnürte Stiefel mit Profilsohle besseren Schutz gegen das beißwütige Kleingetier auf dem Urwaldboden boten.

Ihr Dad kaufte ihr auch einen Hut mit abnehmbarem Moskitoschleier. Lucy hüllte ihr Gesicht in das feinmaschige Gewebe.

»Puh, da drunter wird es aber ziemlich warm!«

»Das stimmt.« Ihr Vater schmunzelte. »Aber ohne das Netz werden dich die blutdurstigen Stechmücken so zurichten, dass du problemlos in einem Gruselfilm auftreten kannst.«

Das war ein Argument, das Lucy sofort überzeugte. Sie fand sich selbst zwar nicht übertrieben eitel. Aber wie ein Zombie wollte sie dann doch nicht aussehen.

Großtante Norma kehrte mit unverhohlener Erleichterung zurück in ihr heimatliches Nebraska. Am letzten Abend daheim lud Professor Clark seine Tochter in ein Hamburger-Restaurant ein. Beide waren froh, kein Irish Stew mehr vorgesetzt zu bekommen.

Am nächsten Morgen nahm Lucy noch tränenreich Abschied von ihrer besten Freundin Violet. Dann fuhr Dad mit ihr zum Flughafen, den Los Angeles International Airport.

Den Flug nach Mexico City vertrieb sich Lucy mit einem Buch über die Azteken. Ihr Vater hatte es ihr geschenkt. Außerdem kannte sie den Film schon, der in dem Flieger gezeigt wurde.

Als Sportlerin fand Lucy es spannend, dass die Azteken bereits Ballspiele gekannt hatten. Auch Schulen hatte es in ihrem Reich auf dem Gebiet des heutigen Mexikos gegeben. Durch ausgefeilten Terrassenanbau hatte dieses Indianervolk mehr als genug Nahrung produzieren und Wohlstand anhäufen können.

Die Schattenseiten der aztekischen Kultur waren in Lucys Augen ganz eindeutig die Menschenopfer. Bei bestimmten Feierlichkeiten waren Tausende von Kriegsgefangenen und Sklaven zu Ehren dunkler Mächte hingerichtet worden.

Lucy schüttelte den Gedanken ab. Das war zum Glück lange her.

In Mexico City dauerte es ein paar Stunden, bis sie den Anschlussflug nach Villahermosa bekamen. Lucy saß mit ihrem Vater in einem klimatisierten Aufenthaltsraum und trank Cola. So ein richtiges Urlaubsgefühl wollte sich bei ihr noch nicht einstellen. Auf dem Flughafen sah alles aus wie in den USA. Nur dass der Airport hier *Aeropuerto* hieß.

Außerdem störte es sie, dass ihr Vater dauernd telefonierte.

»Ich will die Zeit nutzen, um ein paar Leute zu erreichen!«

Lucy ärgerte sich. Wenn ihr Dad sie weiterhin so wenig beachtete, sah Lucy für die kommenden Wochen schwarz!

Endlich wurde der Flug nach Villahermosa aufgerufen. »Ich

habe gerade eben noch zwei Zimmer im besten Hotel der Stadt für uns reservieren lassen«, erklärte Lucys Vater.

»Wie schön«, sagte Lucy. Sie war gekränkt, weil ihr Dad sie die ganze Zeit sich selbst überlassen hatte. Aber falls ihm ihre Stimmung auffiel, ließ er es sich nicht anmerken. Lucy schmollte jedenfalls erst einmal. Ihr Vater deutete ihr Schweigen vielleicht als Erschöpfung oder Müdigkeit und vertiefte sich in irgendwelche Unterlagen, die er in seiner Umhängetasche mit sich führte.

Das Mädchen war fest entschlossen, schlechte Laune zu bekommen. Dafür war der mexikanische Inlandsflug gut geeignet, denn in der zweimotorigen Propellermaschine wurden sie kräftig durchgeschüttelt. Lucy war froh, dass sie bereits während des Fluges von Los Angeles nach Mexico City gegessen hatten. Ihr Magen hüpfte auf und ab wie ein Gummiball.

Aber dann befand sich der Flieger plötzlich im Landeanflug auf Villahermosa. Das war eine kleine Stadt an der Karibischen See. Weiße Häuser im Kolonialstil konnte man erkennen, außerdem einen Hafen und ein paar Industriegebäude. Und dahinter den immergrünen tropischen Regenwald!

Lucy konnte es kaum erwarten, diese für sie so fremde Welt zu entdecken. Doch da machte Dad ihr einen Strich durch die Rechnung …

Lucy und ihr Vater fuhren in einem klapprigen Chevrolet-Taxi zum Hotel. Das war ein großes weißes Gebäude mit roten Schindeln. Es erinnerte Lucy schon fast an ein Schloss.

Nachdem sie eingecheckt hatten, sagte Thomas Clark: »Du kannst dich jetzt von der Reise ausruhen, Lucy. Ich werde mich nach ein paar Ortskundigen umschauen, die uns auf dem Weg zur vergessenen Stadt begleiten werden.«

»Super, ich ziehe mich nur kurz um!«

»Lucy, ich habe mich vielleicht nicht deutlich ausgedrückt. Ich möchte, dass du im Hotel bleibst. Die Zimmer haben alle Klimaanlage, es gibt Fernseher, du kannst auch MTV empfangen und ...«

»MTV kann ich auch daheim schauen, Dad! Warum darf ich nicht mit?«

»In diesen mexikanischen Kleinstädten gibt es jede Menge Diebe und andere Kriminelle. Ich will nicht die ganze Zeit auf dich aufpassen müssen.«

Warum hast du mich dann mitgenommen?, dachte Lucy. Aber sie schluckte ihren Ärger einstweilen hinunter. Stattdessen nickte sie brav und ging auf ihr Hotelzimmer. Es war gemütlich eingerichtet. Aber sie war nicht nach Mexiko gekommen, um im Zimmer zu hocken!

Vom Fenster aus konnte sie sehen, wie ihr Vater das Gebäude verließ und zwischen einigen Maultierkarren und Mopedfahrern hindurch eine breite Avenida überquerte. Er verschwand im Gassengewirr der Altstadt.

Lucy grinste. Sie duschte erst einmal und zog frische Kleidung an. Dann, als ihr Dad einen genügend großen Vorsprung hatte, schlich sie sich ebenfalls aus dem Hotel.

ACTION ZONE

Sie hatte auf einmal das Gefühl, dass ein großes Abenteuer vor ihr lag ...

Lucy ließ sich durch eine fremde Welt treiben. Es roch nach exotischen Suppen und Saucen, die in Garküchen am Straßenrand zubereitet wurden. Indianische Bäuerinnen kauerten auf Decken. Sie boten Bohnen und Mais, Pfefferschoten und Auberginen und vieles mehr an. Viehhändler mit Ziegen und Hühnern und schwarzen Ferkeln warteten auf Käufer. Ein Feuerschlucker gab Kostproben seiner Kunst.

Bei anderen Leuten auf dem Markt konnte Lucy nicht sofort erraten, was sie anzubieten hatten. Waren es Wahrsager oder Wunderheiler? Und dann gab es noch ein paar alte Männer, die hinter klapprigen Schreibmaschinen im Schatten eines Vordachs saßen.

»Ay, Muchacha!«

Lucy drehte sich um. Der Ruf hatte offenbar ihr gegolten.

Ein ungefähr gleichaltriger Junge näherte sich ihr. Er glich einem wandelnden Warenlager. Über die Unterarme hatte er bunte Decken oder Tücher gelegt. An einigen seiner Finger hingen Amulette. Um den Hals trug er gleich zehn bunte Krawatten. Vor seinen schmalen Hüften trug er einen hölzernen Bauchladen, in dem CDs, DVDs sowie technischer Kleinkram gestapelt waren. Auf dem Kopf trug er gleich drei *Sombreros* übereinander.

»Ay!«, erwiderte Lucy den Gruß. Das Grinsen des Jungen war

unwiderstehlich. Dabei war dem Mädchen natürlich klar, dass ihr Gegenüber ihr etwas verkaufen wollte.

»Souvenirs von Yucatán!«, rief der Mexikaner auf Englisch. »Das ist es, was alle *Americanos* brauchen!«

Lucy wunderte sich nicht, dass der Junge sie gleich als Amerikanerin erkannt hatte. Mit ihren blonden Haaren und grünen Augen sah sie nun einmal überhaupt nicht mexikanisch aus.

Die junge Amerikanerin lächelte und kramte ihr schönstes Schulspanisch hervor. »*Hablo un poco español* – ich spreche ein wenig Spanisch«, sagte sie.

Der Junge bekam große Augen. »Du sprichst unsere Sprache? *Caramba!* – Ich heiße Pedro.«

»Mein Name ist Lucy.«

»Ich habe hier ein Halstuch, Lucy, das ist wie für dich gemacht. Es passt genau zu deiner Augenfarbe.« Pedro hielt ihr ein Stück Stoff unter die Nase.

»Ich wusste gar nicht, dass meine Augen giftgrün sind.«

»Das ist nicht giftgrün, sondern smaragdgrün. Denn deine Augen sind wie Edelsteine.«

Lucy bemerkte, wie sie errötete. Was hieß erröten – sie wurde knallrot im Gesicht. Eigentlich bekam sie ja gern Komplimente. Und dieser Pedro war außerdem ein gut aussehender Typ. Er hatte so eine frische, lockere Art.

Aber Lucy war ja nicht auf den Kopf gefallen. Er wollte ihr gewiss möglichst viel aus seinem Gemischtwarenladen verkaufen. Klar, dass er ihr schmeichelte!

Lucy wechselte das Thema, um ihre Verlegenheit zu überspielen. Sie deutete auf die Opas mit den Schreibmaschinen. Einer von ihnen tippte gerade etwas auf ein Blatt Papier. Ein anderer Mann stand neben ihm und redete auf ihn ein. »Was sind das für Männer? Sind es Dichter? Oder Schriftsteller?«

Pedro lachte. »Nein, es sind Schreiber. Also, sie denken sich keine Romane aus oder so was. Die Männer werden von Leuten bezahlt, die selbst nicht schreiben können. Für die setzen sie Briefe auf, an Behörden und so.« Er machte eine Pause und fügte triumphierend hinzu: »Ich kann aber schreiben! Ich habe die Schule abgeschlossen. Und rechnen kann ich besser als jeder Computer!«

»Das glaube ich dir«, sagte Lucy schmunzelnd. »Du bist bestimmt ein guter Geschäftsmann.«

»Kauf das Halstuch und dann weißt du es. Wenn du drei Halstücher nimmst, bekommst du ein Taschentuch gratis.«

Lucy zögerte.

»Und nicht nur das«, fuhr Pedro fort. »Wir gehen rüber zu meiner Tante. Sie stickt dir deine Initialen in das Taschentuch. Und das ist immer noch im Preis inbegriffen.«

»Nun glaube ich dir, dass du deinen Job verstehst!«, sagte Lucy lachend. Sie kaufte die Halstücher. Nicht weil sie Verwendung dafür hatte, sondern weil Pedro so ein netter Typ war. Er war lustig und sah außerdem noch gut aus. Was wollte man mehr?

»Nun gehen wir zu meiner Tante!«, verkündete der junge

Straßenverkäufer. »Sonst glaubst du noch, ich mache nur leere Versprechungen!«

Lucy folgte Pedro durch das Menschengewirr. Plötzlich wurde ihr klar, wie gut sie es hatte. Trotz des tragischen Todes ihrer Mutter.

Pedro war nicht älter als Lucy. Aber er musste arbeiten, um sich seinen Lebensunterhalt zu verdienen. Vermutlich vom frühen Morgen bis zum späten Abend. Lucy hingegen würde nach der Highschool studieren, weil ihr Vater genug Geld hatte.

Sie war so in Gedanken, dass sie erschrak, als Pedro sie wieder ansprach.

»Hallo! Deine Initialen, schöne amerikanische Miss! Das L für Lucy ist klar. Aber meine Tante muss auch noch den Rest wissen.«

Pedro deutete auf eine junge Frau, die auf einer Decke hockte und ein Baby auf dem Arm hielt. Neben ihr lagen Stoffbahnen und allerlei Handarbeitszeug. Die Frau nahm das Taschentuch von Pedro entgegen.

»Mein Nachname fängt mit C an«, verriet Lucy.

Die Frau, die im Alter von Lucys Mom war, machte sich an die Arbeit. Außer dem Säugling schwirrten noch vier weitere kleine Kinder um sie herum.

Nebenan war ein etwas schmierig wirkender Straßenausschank.

»Gibt es dort auch Cola?«, wollte Lucy wissen.

»Natürlich.«

»Dann lade ich dich ein«, sagte sie.

Zu Lucys großer Beruhigung wurde die Cola in Dosen serviert. Die Gläser auf den anderen Tischen sahen doch ziemlich schmutzig aus.

»Du machst also Urlaub in Yucatán, Lucy?«

»Sozusagen. Ich bin mit meinem Dad hier. Aber wir bleiben nicht in Villahermosa. Wir wollen weiter ins Landesinnere.«

»Ja, es gibt hier viel zu sehen. Ich kenne die Halbinsel wie meine Westentasche«, erklärte Pedro stolz. »Mein Bruder Alfonso und ich, wir ziehen mit unseren Waren über die Dörfer. Es gibt hier manche Orte, da leben die Leute mitten im Dschungel. Buchstäblich.«

Lucy musste schmunzeln. »Und denen verkaufst du dann DVDs.«

»Na ja, die DVDs werde ich eher bei den Touristen los.«

»Schade«, sagte Lucy mit plötzlich aufwallender Traurigkeit. »Ich hätte gern mehr mit dir unternommen. Aber morgen wollen Dad und ich schon aufbrechen.«

Pedro gab sich optimistisch. »Vielleicht treffen wir uns ja unterwegs wieder, Lucy. Mein Bruder verhandelt gerade mit so einem Spinner, der uns anheuern will.«

»Anheuern? Wofür?«

»Keine Ahnung. Der Typ hat sehr geheimnisvoll getan. Deshalb wollte Alfonso mich auch nicht dabeihaben. *Top secret* – streng geheim, kapierst du? Wenn die sich einig werden, dann nehmen wir diesen Spinner mit flussaufwärts. Und unsere drei

Cousins sollen auch noch mit, wenn ich alles richtig verstanden habe.«

Lucy konnte sich ein Grinsen nicht verkneifen. Flussaufwärts? Sie ahnte, wer der »Spinner« war, mit dem Pedros Bruder verhandelte ...

»Da wirst du aber nicht drei *Sombreros* mitschleppen, oder?« Das Mädchen hatte nun wieder beste Laune. Sie kicherte albern.

Pedro schüttelte den Kopf. »Nein, die *Sombreros* werden auch nur von den *Americanos* gekauft. So weit im Landesinneren findet man keine Touristen. Abgesehen natürlich von dir und deinem Dad.«

»Ich weiß nicht, ob man uns als normale Touristen bezeichnen kann.«

»Wie meinst du das?«, fragte Pedro neugierig.

»Lass dich überraschen.«

Pedro versuchte noch mehrmals, Lucy ihr Geheimnis zu entlocken. Aber das Mädchen lächelte nur und verriet nichts weiter. Sie war inzwischen hundertprozentig sicher, dass sie Pedro am nächsten Tag wiedersehen würde. Daher fiel der Abschied auch nicht wehmütig aus.

Sie kaufte Pedro noch ein in Perlmutt eingelegtes Taschenmesser mit der Aufschrift YUCATÁN ab. Schließlich hatte er viel Zeit mit ihr verbracht, in der er nichts verkaufen konnte.

Lucy war in guter Stimmung, als sie ins Hotel zurückkehrte. Das änderte sich allerdings schlagartig, als sie ihren Vater sah. Er schritt in der Hotelhalle auf und ab wie ein Raubtier im Käfig. Seine buschigen Augenbrauen hatte er zusammengezogen. Er zuckte zusammen, als er Lucy erblickte.

»Wo bist du gewesen?«, fauchte Dad sie an. »Ich habe dir doch gesagt, du sollst auf dem Zimmer bleiben!«

»Ich habe mir ein Halstuch gekauft.«

»Das sind *drei* Halstücher! Denkst du, ich bin ein Dummkopf? Es ist gefährlich da draußen, Lucy! Ich war kurz davor, die Polizei zu verständigen.«

»Wenn du so um meine Sicherheit besorgt bist, hättest du mich gleich daheim lassen sollen«, zischte Lucy.

»Das wäre wirklich besser gewesen! Du führst dich auf wie ein kleines unreifes Kind!«

»Komisch, dass dir das auffällt! Du behandelst mich doch wie Luft, seit wir zu dieser Reise aufgebrochen sind!«

Mit diesen Worten ließ Lucy ihren Vater in der Hotelhalle stehen. Sie lief auf ihr Zimmer. Das Mädchen hatte keine Lust, sich den schönen Tag ruinieren zu lassen. Denn dank Pedro war ihre Ankunft in Mexiko doch vielversprechend verlaufen.

Lucy ließ lächelnd den weichen Stoff der Halstücher durch ihre Hände gleiten und dachte an den mexikanischen Jungen.

Ihr war nicht aufgefallen, dass sie die ganze Zeit auf dem Markt unauffällig verfolgt worden war ...

DER SELTSAME DOC BONES

Während Lucy nach dem langen und aufregenden Reisetag die Augen zufielen, gingen am Stadtrand von Villahermosa merkwürdige Dinge vor sich.

Zwei Männer huschten wie Phantome durch die dunklen Gassen. Straßenbeleuchtung gab es in dieser Gegend nicht. Winselnd ergriff ein streunender Hund die Flucht, als sich das Duo näherte.

Es waren zwei bullige Riesen, mit kräftigen Körpern wie Möbelpacker. In ihren Jeans und den bunten Hawaiihemden wirkten sie fast wie Touristen. Doch ihre harten Gesichter verrieten, dass mit ihnen nicht gut Kirschen essen war.

Einer von ihnen blieb plötzlich stehen. Das geschah so abrupt, dass der andere Mann ihm in den Rücken lief. So kam es, wie es kommen musste: Beide gingen zu Boden. Keuchend packten sie einander am Kragen. Der eine wollte schon zuschlagen. Da hörte er die raue Stimme seines Kumpans.

»Stopp, Gunner! Ich bin es, Arnold!«

»Arnold? Wieso versperrst du mir den Weg?«

»Und wieso läufst du mich über den Haufen, du Hornochse?«

»Weil du einfach stehen geblieben bist.«

»Das war Tarnung, Gunner. Wenn man still stehen bleibt, ist man in der Dunkelheit nicht zu sehen.«

»Quatsch.«

»Kein Quatsch, du Trottel. Du hast mich doch nicht gesehen, oder? Deshalb hast du mich doch umgerannt.«

Diese Logik leuchtete Gunner ein, der im Denken auch nicht schneller war als sein Kumpan Arnold. Doch eine Sache beschäftigte ihn noch.

»Und wieso wolltest du dich plötzlich tarnen?«

»Da vorn regt sich was.« Arnold hatte seine Lautstärke deutlich gedämpft. Die beiden zwielichtigen Gestalten spähten in die Dunkelheit. Und wirklich – ein Rascheln war zu hören. Die Gasse war mit Müll übersäht, das konnte man trotz der schlechten Lichtverhältnisse erkennen.

»Leuchte doch mal kurz«, wisperte Gunner.

Der andere Mann zögerte. Aber dann holte er eine Taschenlampe heraus. Er ließ sie nur kurz aufflammen. Ein empörtes Piepsen ertönte. Eine Maus verschwand in dem Spalt einer Hauswand.

»He, Arnold! Du bist vor einer Maus in Deckung gegangen!« Gunner amüsierte sich köstlich.

»Halt dein Maul!«, knurrte der andere und kam wieder vom Boden hoch. »Der Doc hat gesagt, wir sollen vorsichtig sein. Vor allem sollen wir darauf achten, dass wir nicht entdeckt werden.«

»Stimmt.« Gunner erinnerte sich. »Das hat er gesagt.«

Nachdem auch Gunner wieder aufgestanden war, setzten sie ihren Weg etwas langsamer fort. Die Gegend schien völlig ausgestorben. Das war wichtig für ihren Boss. Er konnte keine unliebsamen Zeugen gebrauchen …

Arnold und Gunner gelangten zu einem Grundstück. Früher

hatte dort offenbar ein Haus gestanden. Es war bis auf die Grundmauern niedergebrannt, wie man im schwachen Mondlicht erkennen konnte.

Auf dem Stück Boden stand ein Wohnmobil. Es war ein geräumiges Modell mit Aluminiumverkleidung. Auf dem Dach befand sich eine Satellitenschüssel. Die beiden Männer näherten sich der Tür. Arnold klopfte in einem bestimmten Rhythmus.

Nichts geschah.

»Das war falsch«, behauptete Gunner. »Das geheime Klopfzeichen geht so.«

Und er donnerte seine Faust in einem anderen Takt gegen das Aluminium.

Wieder rührte sich nichts. Arnold grinste und wollte nun seinerseits noch mal sein Glück versuchen. Da schwang die Tür plötzlich auf.

»Kommt endlich rein und macht die Tür zu«, forderte eine eiskalte Stimme.

Die beiden Muskelmänner traten in das Wohnmobil. Es war mit Hightech vollgestopft. Neueste PCs, externe Festplatten, Bildschirme, Lesegeräte, Scanner, Tastaturen und vieles mehr nahmen fast jeden Quadratzentimeter des Platzes ein.

In einem schwarzen drehbaren Ledersessel hockte der Herr dieses Technikimperiums wie eine Spinne im Netz. Arnolds und Gunners Boss nannte sich selbst Doc Bones – »Doktor Knochen«. Das war natürlich nur ein Tarnname. Niemand durfte wissen, wie der Gangsterboss wirklich hieß und woher er kam. Noch nicht mal den beiden Muskelmännern, die seine Leibgarde waren, hatte er das anvertraut.

Im Gegensatz zu den kräftigen Gestalten Arnold und Gunner war Doc Bones eher schmächtig. Er trug eine schwarze Hose und ein ebenfalls schwarzes Hemd. Auch sein Haar war dunkel und hing bis auf die Schultern. Das schmale Gesicht wurde von einem Spitzbart geziert. Sein stechender Blick fixierte erst den einen, dann den anderen seiner Leibwächter.

»Wir lassen das jetzt sein mit dem geheimen Klopfzeichen«, murrte Doc Bones. »Ihr Dummköpfe vergesst ja gleich wieder, wie es richtig geht. Außerdem habe ich mit der Kamera gesehen, dass ihr es wart.«

Über der Tür des Wohnmobils war eine Kamera installiert. Daher konnte der Doc auf einem seiner Monitore immer sehen, wer ihn aufsuchen wollte.

Am besten niemand, dachte er sich. Je weniger Leute ihn sahen, desto besser für ihn. Daher verließ er das Wohnmobil auch nur, wenn es gar nicht anders ging.

Arnold und Gunner starrten auf ihre Schuhspitzen. Keiner von ihnen sagte ein Wort. Es war offensichtlich, dass sie Angst vor ihrem Boss hatten.

»Nun redet schon!«, fauchte Doc Bones. »Was ist mit Clark und seiner Göre?«

»C-Clark und die Kleine sind im Hotel *Excelsior* abgestiegen«, begann Arnold. »Dann ist der Forscher in die Stadt gegangen. Kurze Zeit später ist das Töchterchen gefolgt.«

»Und dann?«

»Sie haben beide mit Mexikanern geredet«, erklärte Gunner, der auch etwas sagen wollte. »Worum es ging, wissen wir nicht. Wir sollten uns ja im Hintergrund halten.«

»Ich weiß auch so Bescheid.« Mit einem zufriedenen Grinsen rieb sich Doc Bones die Hände. »Thomas Clark wird einige Einheimische als Begleiter für seine Expedition brauchen. Allein schon, damit sie wenigstens einen Teil des Goldschatzes auf dem Rückweg mitnehmen können.«

Bei diesen Worten ihres Anführers grinsten die beiden Muskelmänner. In ihren Augen glitzerte die Gier.

Arnold traute sich, eine Frage zu stellen: »Warum kommen wir diesem Thomas Clark nicht einfach zuvor, Boss? Wir graben den Schatz alleine aus. Und wenn er dann dort ankommt, schaut er in die Röhre.«

»Wirklich clever!«, höhnte Doc Bones. »Und woher sollen wir wissen, wo sich das Gold befindet? Ich habe den Tipp bekommen, dass mein ehemaliger Kollege den Königsschatz der Azteken heben will. Dieser Hinweis war für mich teuer genug. Wo genau er liegt, hat man mir nicht verraten. Natürlich könnten wir versuchen, Clark den Lageplan zu stehlen. Aber ich finde es besser, wenn wir ihn erst einmal die Drecksarbeit machen lassen. Er hebt den Schatz – und dann schlagen wir zu!«

»Der Typ war doch früher mal ein Kollege von Ihnen, Boss?«, fragte Gunner.

»Ja, auch ich war mal ein braver Bürger«, sagte der Doc mit

heiserem Lachen. »Ich war Altertumsforscher, genau wie Thomas Clark. Aber ich fand schon damals, dass antike Wertgegenstände in meiner Tasche besser aufgehoben sind als im Museum. Leider bin ich aufgeflogen. Im Gefängnis hatte ich genug Zeit, über meine Zukunft nachzudenken. Ich habe mich dann endgültig von der ehrlichen Arbeit verabschiedet. Und bisher bin ich gut damit durchgekommen.«

Doc Bones lachte meckernd und auch seine »Leibgarde« amüsierte sich.

»Auch ich werde einige Mexikaner anwerben. Gewiss gibt es in dieser Stadt genug Typen, die etwas auf dem Kerbholz haben.«

»Reichen wir Ihnen nicht, Boss?«, fragte Arnold eingeschnappt.

»Ihr habt keine Vorstellung davon, wie groß dieser Schatz ist. Nach meinen Informationen ist er in der versunkenen Stadt der Doppelschlange verborgen. Der Schatz sollte damals ausreichen, um eine ganze Armee aufzustellen und mit Waffen auszurüsten. Aber dazu kam es nie. Und deshalb liegt er noch in der vergessenen Stadt.«

»Was ist denn diese Doppelschlange?«, wollte Gunner wissen.

»Ein Dämon.« Der Doc amüsierte sich über die entsetzten Mienen seiner Gefolgsleute. »Ich habe das nachgelesen. Die Priester wollten sichergehen, dass ihr Gold nicht gestohlen wurde. Deshalb ereilt ihr Fluch jeden, der seine Hände nach dem Schatz ausstreckt und kein Azteke ist.«

»A-aber Sie und Gunner und ich ... wir sind keine Azteken«, stammelte Arnold.

»Was du nicht sagst.«

»Dann wird der Fluch der Doppelschlange auch uns treffen«, jammerte der Muskelmann.

Doc Bones atmete tief durch. Man sah ihm an, dass er mit seiner Geduld am Ende war. »Dieser Fluch ist doch nur ein Ammenmärchen! Aber wir werden ihn uns zunutze machen. Wir sorgen dafür, dass Clarks Leute ein paar unerklärlichen Unfällen zum Opfer fallen. Wenn wir es richtig anstellen, lassen ihn seine Mexikaner unterwegs im Stich. Und dann müssen wir nur noch ihn und die Göre ausschalten.«

Das leuchtete Arnold und Gunner ein.

»Und der Fluch ist wirklich nicht echt, Boss?«, hakte Gunner nach.

Doc Bones seufzte innerlich. Er hatte wohl die abergläubische Furcht seiner Männer unterschätzt. Aber wer hätte das ahnen können bei zwei so brutal wirkenden Muskelpaketen?

»Der Fluch ist Unsinn. Aber selbst wenn es ihn gibt, dann wird er Clark treffen. Denn er wird es sein, der den Schatz hebt. Wie gesagt, wir lassen ihn die Drecksarbeit machen. Und dann kommen wir und sahnen ab.«

Arnold und Gunner schienen es endlich geschluckt zu haben. Die beiden waren zweifellos nicht besonders schlau. Aber das hatte auch Vorteile. Sie würden es garantiert nicht merken, wenn er sie beim Teilen der Beute übers Ohr haute ...

Der Boss stand auf. »Los jetzt! Die Nacht ist kurz und wir haben noch einiges vor.«

»Was denn, Boss?«

»Vor allem will ich ein paar einheimische Draufgänger anheuern. In den Bars von Villahermosa sollten sich genug davon finden.«

Eingerahmt von seinen Leibwächtern verließ Doc Bones seine Kommandozentrale.

GRÜNES PARADIES

Am nächsten Morgen fragte sich Lucy zunächst, ob sie nicht alles geträumt hatte. Doch als sie die Augen aufschlug, befand sie sich wirklich in dem Zimmer des mexikanischen Hotels. Und an diesem Morgen würde sie zu einer Expedition in den Dschungel aufbrechen …

Beim Frühstück im Hotelrestaurant traf Lucy ihren Dad. Sie wünschten einander einen guten Morgen. Beide vermieden es, den Streit von gestern anzusprechen. Jedenfalls vermutete Lucy, dass ihr Vater darauf ebenso wenig eingehen wollte wie sie selbst. Oder er hatte es vergessen und war mit seinen Gedanken mal wieder bei anderen Dingen.

»Wir treffen uns um neun mit unseren mexikanischen Helfern«, sagte Dad und schaute auf seine Armbanduhr. »Ich hoffe, du hast deinen Rucksack gepackt. Alles überflüssige Gepäck lassen wir bis zu unserer Rückkehr hier im Hotel.«

»Ja, der Rucksack ist fertig.«

Lucy war nach dem Duschen gleich in ihre Expeditionskleidung geschlüpft. Sie trug nun Schnürstiefel mit Profilsohle, Kaki-Shorts sowie ein T-Shirt aus festem Stoff. Den Hut mit dem Moskitonetz wollte sie erst aufsetzen, wenn sie im Dschungel waren.

Nach dem Frühstück wurden die letzten Vorbereitungen getroffen. Lucy holte den Rucksack und den Hut aus ihrem Zimmer. Ihr Vater checkte inzwischen an der Rezeption aus und veranlasste, dass ihr übriges Gepäck eingelagert wurde.

Die Mexikaner warteten schon draußen vor dem Gebäude. Pedro staunte nicht schlecht, als er Lucy so schnell wiedersah. Der junge Verkäufer war in Begleitung eines Mannes, der ihm ziemlich ähnlich sah. Das war gewiss Pedros Bruder Alfonso. Jedenfalls wurde dieser Mann gleich von Lucys Dad begrüßt. Dann gab es noch drei weitere Mexikaner, die etwas abseits standen. Alfonso stellte sie als Paco, Enero und Victor vor. Lucy konnte sich allerdings nicht merken, wer von ihnen wer war.

Pedro hatte an diesem Morgen nicht seinen Gemischtwarenladen dabei. Aber er trug einen Rucksack auf dem Rücken, der ziemlich schwer zu sein schien.

»Was ist da drin?«, fragte das Mädchen.

Pedro lächelte. »Alles, was du dir vorstellen kannst. Und noch etwas mehr. – *Ay,* ich finde es toll, dass wir zusammen unterwegs sind.«

»Geht mir genauso. Der ›Spinner‹, der gestern mit deinem Bruder verhandelt hat, war nämlich mein Dad.«

Diesmal war es der junge Mexikaner, der verlegen wurde und knallrote Ohren bekam. »Das war nicht so gemeint.«

»Ist schon okay.« Lucy senkte die Stimme. »Ich halte ihn ja manchmal selbst für etwas überspannt. Dad ist Altertumsforscher. Deshalb diese ganze Expedition.«

»Für uns hier ist Geschichte lebendig«, sagte Pedro.

Bevor Lucy etwas erwidern konnte, kam ihr Vater zu ihnen

herüber. »Wie ich sehe, habt ihr euch einander schon vorgestellt. Dann kann es ja jetzt losgehen!«

Dad und Pedros Bruder nahmen ihr Gepäck auf und marschierten voran. Hinter ihnen folgten die drei Cousins. Lucy und Pedro bildeten den Schluss der kleinen Kolonne.

»Wie hast du das gemeint, Geschichte sei für euch lebendig?«, fragte Lucy neugierig.

»So, wie ich es gesagt habe.« Pedro deutete nach unten. »Siehst du die Straße, auf der wir gehen?«

»Natürlich.«

»Diese Straße wurde einst von den Azteken angelegt. Wie übrigens viele andere Straßen in Mexiko auch.«

»Echt?«

»Klar, Lucy. Natürlich war die Straße damals noch nicht gepflastert wie heutzutage. Aber die Azteken brauchten Straßen, um Waren zu transportieren. Ihre Hauptstadt war groß, wenn auch nicht so groß wie Mexico City. Aber sie konnte sich nicht allein versorgen. Man musste dauernd Mais und Bohnen und alle anderen Lebensmittel aus den fernen Provinzen nach Tenochtitlán schaffen. Und die Armee brauchte Straßen, damit sie schnell in alle Teile des Reiches marschieren konnte.«

Lucy war beeindruckt. Sie stellte sich vor, wie es damals gewesen sein musste. Hunderte und Tausende von Sklaven, die über steile Gebirgsstraßen ihre Lastpakete in die Hauptstadt schleppten.

Doch schon bald schweiften ihre Gedanken nicht mehr in die

Vergangenheit. Die Gegenwart war aufregend genug. Schon hatte die Expedition den Stadtrand von Villahermosa erreicht. Es gab dort nur wenig Brachland.

Wenige Meter hinter den letzten Häusern begann der tropische Regenwald ...

Das Sonnenlicht wurde durch die unzähligen Blätterschichten gefiltert. Das Laubdach war teilweise so dicht, dass es darunter nahezu düster wurde. Kleine Tiere tummelten sich in den Bäumen. Sie flitzten so schnell hin und her, dass Lucy sie gar nicht richtig erkennen konnte. Die Luft roch etwas faulig und war so feucht, dass sich auf den Armen des Mädchens ein leichter Nässefilm bildete.

Und natürlich waren sofort die Moskitos zur Stelle. Zum Glück hatte Lucy von ihrem Vater ein gutes Einreibmittel gegen die lästigen Insekten bekommen. Aber ihren Hutschleier ließ sie trotzdem herunter. Dazu musste sie niemand auffordern.

»Lucy!«

Dad rief nach ihr. Sie lief an den drei Cousins vorbei und gelangte leicht keuchend zu ihrem Vater an die Spitze des kleinen Trupps. Lucy war normalerweise eine gute Sportlerin, doch an das Klima musste sie sich erst gewöhnen.

»Ich möchte lieber, dass du hier vorn bei mir marschierst«, erklärte Dad.

»Wieso? Hast du etwas gegen Pedro?« Das klang patziger, als Lucy es beabsichtigt hatte.

»Überhaupt nicht«, entgegnete ihr Vater ruhig. »Aber der Weg ist hier nur ein schmaler Pfad. Und ich möchte nicht, dass du zurückbleibst oder gar verloren gehst. Man kann sich hier in diesem Urwald sehr leicht verirren.«

Das konnte Lucy sich lebhaft vorstellen. Für sie als Stadtkind sah die Landschaft auf beiden Seiten des Pfades gleich aus.

»Wir reisen in eine sehr abgelegene Gegend«, schärfte ihr Vater ihr ein. »Es gibt dort nur wenige menschliche Ansiedlungen. Und praktisch keine richtigen Straßen. Nur solche Pfade wie diesen hier. Deshalb möchte ich auf jeden Fall vermeiden, dass du dich von der Gruppe entfernst.«

Lucy bestaunte die üppige Vegetation. Die Pflanzen wucherten so dicht an dicht, dass zwischen ihnen kaum ein Durchkommen war. Es schien, als würde der Weg von zwei Wänden gesäumt, die aus tropischem Grün bestanden.

»Hast du gehört, was ich gesagt habe?«

»Ja, Dad. Entschuldige. Das ist alles so neu für mich.«

»Schon gut.« Ihr Vater klopfte Lucy leicht auf die Schulter. »Und nun vorwärts, damit wir heute noch ein Stück vorankommen.«

Lucy fand es schade, einstweilen nicht mehr an Pedros Seite marschieren zu können. Aber andererseits freute sie sich auch, bei ihrem Vater zu sein, obwohl sie zunächst nicht genau wusste warum. Erst nach längerem Nachdenken wurde ihr der Grund klar.

Es war ihrem Vater nicht egal, ob sie zurückblieb oder sich

verirrte. Er war mit seinen Gedanken bei ihr und wollte sie an seiner Seite haben!

Das versetzte Lucy in anhaltend gute Laune. Das machte es ihr auch leicht, die Strapazen zu überstehen. Ein Marsch durch diesen feuchten Regenwald war wirklich kein Sonntagsausflug. Lucy beglückwünschte sich dazu, dass sie so sportlich war. Trotzdem freute sie sich auf die Mittagspause.

Alfonso, Pedros Bruder, war offenbar nicht nur Scout, sondern auch Expeditionskoch. Jedenfalls entzündete er auf einer kleinen Lichtung ein Feuer, zauberte einen Eisenkessel hervor und begann mit der Zubereitung eines Eintopfs.

Nicht schon wieder Irish Stew!, dachte Lucy verzweifelt.

Ein schmaler Bach lieferte Wasser für die durstigen Kehlen.

Wie sich wenig später herausstellte, hatte der Eintopf, den Alfonso zubereitet hatte, mit dem von Großtante Norma wenig gemein.

Lucy spuckte beinahe Feuer, als sie den ersten Löffel gekostet hatte. Ihr brach der Schweiß aus.

»Was ist das?«, keuchte sie.

»Chili con carne«, sagte Alfonso grinsend. »Chilibohnen mit Rindfleisch. Eine mexikanische Spezialität.«

»Das haben wahrscheinlich schon die Azteken gegessen«, erklärte Lucys Dad kauend. »Allerdings mit Hühnerfleisch, denn Rinder haben erst die Spanier mit nach Amerika gebracht.«

»Ich habe früher schon öfter *Chili con carne* gegessen«, brachte Lucy mühsam zwischen zwei großen Schlucken Wasser hervor, »aber es war niemals so ... scharf!«

Alfonso grinste noch immer. »Ja, ich habe gehört, dass es in Amerika immer verwässert wird.«

Nach den ersten Löffeln hatte sich Lucy bald an die Schärfe gewöhnt. Außerdem wollte sie nicht vor Pedro als Weichei dastehen. Also aß sie ihre Portion klaglos auf und ließ sich noch eine zweite geben.

Nach dem Essen ging es nur im Schneckentempo weiter. Lucys Vater behauptete, die Böden hätten sich geändert. Es wäre denkbar, dass hier eine Stadt gestanden hatte.

Lucy konnte keinen Unterschied erkennen, doch Dad und Alfonso begannen, mit langen Eisenstangen im Boden links und rechts vom Pfad herumzustochern.

Pedro gesellte sich zu Lucy, während sie warteten.

»Hast du auch schon gehört, dass diese versunkene Stadt verflucht sein soll?«, fragte der Junge. Lucy glaubte, in seiner Stimme Besorgnis zu hören.

»Ja, mein Dad erzählte es mir. Du glaubst das doch hoffentlich nicht?«

»Ich weiß nicht.« Pedro schnitt eine Grimasse, als müsste er beim Zahnarzt zu einer Wurzelbehandlung antreten. »Es gibt Dinge, die man einfach nicht erklären kann.«

»Ich glaube nicht an so was«, erklärte Lucy voller Selbstsicherheit. »Es gibt immer eine vernünftige Erklärung. Und zwar für jeden Hokuspokus.«

»Du wirst anders reden, wenn wir erst tiefer in den Dschungel eingedrungen sind.«

»Ich sehe keinen Unterschied, ob ich im Urwald bin oder in meinem Klassenzimmer in der Highschool daheim in den Staaten.«

»Wieso im Klassenzimmer?«

»Weil dort ein menschliches Skelett hängt, für den Biologie-Unterricht. Aber ich habe nie geglaubt, dass es vielleicht irgendwann zu tanzen anfängt. Oder irgendwie anders wieder lebendig wird.«

»Über solche Dinge sollte man keine Witze machen.«

Pedro klang ernster, als Lucy es bisher von ihm gewohnt war. Das Mädchen beschloss, einstweilen lieber die Klappe zu halten. Es war ihr wichtig, dass sie selbst nicht an diesen Unsinn glaubte. Aber deshalb musste sie ja nicht den mexikanischen Jungen bekehren. Auf keinen Fall wollte sie Pedro auf die Nerven gehen. Lucy wollte, dass sie ihm gefiel ...

Doch vorerst verebbte das Gespräch. Denn nachdem Dad und Alfonso nichts weiter gefunden hatten, nahmen sie ihren Marsch wieder auf. Und der Weg wurde immer beschwerlicher, sodass sie sich ganz auf ihre Schritte konzentrieren mussten. Es ging bergauf. Nicht sehr steil, aber stetig. Der Pfad befand sich in der Nähe des Flusses, der angeblich die goldene Statue zur Mündung geschwemmt hatte. Hin und wieder konnte man das fließende Wasser zwischen den Blättern der Bäume glitzern sehen, wenn auch nicht oft. Doch das stetige Plätschern des Wasserarms übte eine beruhigende Wirkung auf Lucy aus.

Als die Sonne über dem Blätterdach schwächer wurde, schlief Lucy schon beinahe im Gehen. Jedenfalls kam es ihr so vor. Trotz ihrer Fitness hatte sie ein ganzer Tag in der Waschküchenluft des Regenwaldes ziemlich angestrengt.

Auf einer kleinen Lichtung schlugen sie ihr Nachtlager auf. Lucy hatte ein Ein-Mann-Zelt mit Moskitonetz. Für ihren Vater stand ein größeres Zelt zur Verfügung. Er hatte auch einen superleichten Klapptisch und einen ebensolchen Stuhl mitgenommen. So konnte er abends noch seine Forschungsergebnisse aufschreiben. Jedenfalls vermutete Lucy so etwas.

Sie versuchte, mit ihrem Dad ins Gespräch zu kommen. Aber er blieb einsilbig. Das Mädchen merkte, dass er mit seinen Gedanken ganz woanders war.

Vermutlich in der vergessenen Stadt.

Lucy war enttäuscht. Manchmal glaubte sie, sich inzwischen besser mit ihrem Dad zu verstehen. Es war, als ob sie ihn wiedererkennen würde. Obwohl er ja eigentlich immer schon viel unterwegs gewesen war.

Doch dann war er wieder so abweisend und verschlossen. Lucy wusste nicht, was sie davon halten sollte. Sie wollte nicht mehr darüber nachdenken. Ohnehin fielen ihr beim Abendessen immer wieder für Sekunden die Augen zu.

Die tropische Dämmerung währte nur kurz. Die Nacht war tintenschwarz, aber die Sterne strahlten viel heller als daheim in Kalifornien. Vielleicht kam das dem Mädchen auch nur so vor.

Jedenfalls war Lucy froh, schon bald nach dem Essen in ihr Zelt und in ihren Schlafsack kriechen zu können. Im Handumdrehen war sie eingeschlafen.

GEISTERALARM!

Irgendetwas riss Lucy aus dem Schlaf. Sie fühlte, dass sie schweißgebadet war. Hatte ein Albtraum sie geweckt?

Nein, das war es nicht gewesen. Lucy wusste nicht mehr genau, was sie geträumt hatte. Aber bedrohlich oder unheimlich war es nicht gewesen, so viel wusste sie noch.

Sie lauschte in die Dschungelnacht. Die war alles andere als still. Vögel sangen oder pfiffen, es raschelte im Unterholz. Wahrscheinlich waren dort kleine nachtaktive Tiere unterwegs. Größere Lebewesen verursachten gewiss lautere Geräusche.

Aber es war schwierig, so etwas in der Finsternis richtig einzuschätzen. Lucy lag ja in ihrem Zelt. Sie konnte noch nicht einmal das Licht des Mondes oder der Sterne sehen. In dem geschlossenen Zelt herrschte absolute Dunkelheit.

Wahrscheinlich habe ich mir nur etwas eingebildet, dachte Lucy. Sie schloss die Augen und versuchte, wieder einzuschlafen.

Da wurde die nächtliche Stille auf einmal wieder zerrissen. Grausige, unheimliche Laute schallten durch den Urwald und bahnten sich gnadenlos ihren Weg ins Lager der Expedition.

Es war ein Heulen und Jammern, ein Schreien und Stöhnen wie aus hundert gequälten Kehlen. Und es war überlaut!

Das Wehklagen von verdammten Seelen musste so klingen. Von Verfluchten, die keine Ruhe fanden. Die aus dem Reich des Todes zurückgekehrt waren, um die Lebenden zu verderben.

Davon wollte Lucy allerdings nichts wissen. Sie glaubte weder an Geister noch an andere übersinnliche Phänomene.

Allerdings jagte ihr dieses überlaute Heulen und Jammern wirklich einen kalten Schauer nach dem anderen über den Rücken. Das schrille Kreischen schmerzte in den Ohren.

So plötzlich, wie es angefangen hatte, hörte das infernalische Heulen und Schreien wieder auf. Lucy hörte nun auch die Stimmen der anderen Expeditionsteilnehmer, nur konnte sie die Worte nicht verstehen. Die Mexikaner redeten wild durcheinander. Ihre Stimmen hörten sich furchtsam an. Dad sagte auf Spanisch, dass sich die Männer beruhigen sollten.

Und dann begann das Jammern und Klagen erneut.

Lucy wurde es zu bunt. Mit einer entschlossenen Bewegung riss sie den Verschluss ihres Schlafsacks auf. Sie hatte in Unterwäsche geschlafen, tastete nach T-Shirt, Shorts und Stiefeln und zog sich im Dunkeln an. Das dauerte natürlich länger als bei Tageslicht.

Währenddessen heulte, kreischte und jaulte es draußen weiter. Lucy schaute auf die Leuchtziffern ihrer Armbanduhr. Es war kurz nach zwei Uhr morgens.

Lucy öffnete den Reißverschluss ihres Zeltes. Sie blinzelte. Es war nicht gerade taghell draußen, aber die Sterne blinkten am Himmel und außerdem spendete die letzte Glut des gesicherten Lagerfeuers etwas Licht. Man hatte es brennen lassen, um durch den Brandgeruch Raubtiere fernzuhalten.

Lucy schaute zu den anderen Zelten hinüber. Sie waren im Halbkreis um die Feuerstelle aufgestellt worden.

Ihr Vater war ebenfalls aus seinem Zelt gekrochen. Er stand mit dem Rücken zu ihr und sprach leise mit einem der Mexikaner. Wahrscheinlich mit Alfonso. So genau konnte Lucy das nicht erkennen, dafür war es doch zu finster.

Abrupt hörte der Lärm wieder auf. Das Mädchen vernahm nun Alfonsos Stimme. Obwohl er ziemlich schnell spanisch redete, konnte sie doch das meiste verstehen.

»Schlechtes Omen, *Señor*! Diese Schreie – die Schreie der Opfer der Azteken, *Señor*. Opfer – Menschenopfer ... *ay, Dios!*«

Alfonso stieß einen Schreckensschrei aus und Lucy stockte der Atem. Plötzlich erhielten die Expeditionsteilnehmer unerwarteten Besuch.

Es waren zwei Gestalten, schwarz wie die Nacht. Nur durch ihre Bewegungen hoben sie sich vom Hintergrund des finsteren Regenwalds ab. Und durch ihre Augen, die rot glühten!

Sie wirkten riesenhaft und schienen keine festen Konturen zu haben. Ein unheimlicher Nebel umwallte sie und ließ sie aussehen wie Geister aus dem Totenreich.

Ihr dramatischer Auftritt wurde durch das nervtötende Jammern, Schreien und Stöhnen noch verstärkt. Es schien sogar noch an Lautstärke zugenommen zu haben.

Geisterhaft bewegten sich die unheimlichen Gestalten am Rand des Lagers hin und her, hoben dabei die Arme und senkten sie wieder und wurden von gespenstischen Nebelschwaden halb eingehüllt, während ihre Augen rot in ihren schwarzen Köpfen glühten. Ihre Bewegungen waren langsam, als wären sie unendlich alt. Stammten sie noch aus der Aztekenzeit?

Nein, sagte sich Lucy, das konnte nicht sein. Damals waren furchtbare Dinge geschehen und viele Menschen getötet worden. Vor allem bei der Eroberung durch die Spanier, aber auch schon davor. Doch Tote waren tot und kehrten nicht aus den Gräbern zurück. Davon war sie fest überzeugt.

Lucy unterdrückte ihre Angst und zwang sich, logisch zu denken. Die Gestalten schienen zwar zu schweben, aber in der Dunkelheit konnte man sich in dieser Hinsicht täuschen. Die Füße der beiden Unheimlichen waren nämlich nicht zu sehen. Das lag zum Teil an den sehr dürftigen Lichtverhältnissen, zum Teil auch an dem seltsamen Nebel, der die schaurigen Gestalten umwaberte.

Es konnte aber ebenso daran liegen, dass sich die beiden »Gespenster« schwarze Gewänder oder Laken übergestreift hatten, die auch ihre Füße und Beine verhüllten!

Ja, Lucy tippte darauf, es mit verkleideten Menschen zu tun zu haben. Doch das erklärte ihre nahezu riesenhafte Statur nicht, denn sie waren gut über zwei Meter groß. Und es erklärte auch nicht das unheimliche Glühen ihrer Augen und den unnatürlichen Nebel, der bei jeder ihrer Bewegungen aufwallte.

Es sei denn ...

Eine Idee schoss Lucy durch den Kopf: Es sei denn, die Schädel mit den rot glühenden Augen waren künstlich und die Verkleideten trugen sie auf ihren richtigen Köpfen. Dadurch erschienen die offenbar ohnehin hoch gewachsenen Kerle noch um einiges größer. Das wäre auch eine Erklärung dafür, warum ihre Gestalten so unförmig wirkten und die Proportionen nicht zu stimmen schienen. Und die glühenden Augen konnten in Wirklichkeit rote Lämpchen sein.

Und der Nebel? Umhüllte er die beiden angeblichen Gespenster wirklich? Oder drang er nicht vielmehr aus ihrer schwarzen Verkleidung hervor? War das künstlicher Nebel, wie er auch beim Film und im Theater Verwendung fand? Erzeugten ihn die Kerle, die als Boten aus dem Totenreich auftraten, mit einer entsprechenden Vorrichtung unter ihren schwarzen Laken?

Lucy kam sich vor wie im Film. Sie war sich nicht sicher, ob all ihre Vermutungen zutrafen, aber da ihr Verstand sich hartnäckig weigerte, an Geisterspuk zu glauben, musste sie einfach davon ausgehen, dass man für sie und ihre Begleiter einen üblen Mummenschanz aufführte, um sie zu erschrecken.

Dann beendeten die beiden unheimlichen Gestalten am Waldrand ihr Treiben und schlugen sich ins Dickicht. Das Schreien und Jammern schwoll noch einmal an. Dann war der Spuk plötzlich vorbei!

Lucy überlegte nicht lange. Unbemerkt von ihrem Dad und den anderen Expeditionsteilnehmern rannte sie hinter den angeblichen Geistern her ...

Natürlich hatte Lucy Angst, aber nicht vor Gespenstern. Lucy war davon überzeugt, es mit Menschen zu tun zu haben. Mit

Menschen, die sich verkleidet und ein paar billige Tricks sehr gekonnt eingesetzt hatten, sodass sie in der Dunkelheit wie Wesen aus einer anderen Welt gewirkt hatten.

Auch zwei menschliche Gegner konnten ihr natürlich gefährlich werden. Aber sie würden wohl nicht auf die Idee kommen, dass Lucy sie heimlich verfolgte.

Außerdem hatte das Mädchen gesehen, wie langsam sich die Kerle in ihren Verkleidungen bewegten. Da konnte sie ihnen als trainierte Sportlerin jederzeit entkommen, und zwar allein durch ihre Schnelligkeit.

Lucy hetzte hinein ins Dickicht. Sofort schlugen ihr Äste und große Blätter ins Gesicht. Ihren Hut hatte sie im Zelt zurückgelassen. Sie hoffte nur, dass die Moskitos nachts schliefen.

Es war zu dunkel, um wirklich schnell laufen zu können. Wenn sie in der Finsternis mit dem Kopf gegen einen Baumstamm knallte, konnte sie sich den Schädel einschlagen. Allerdings kamen auch die beiden Gangster nur langsam voran. Lucy war jedenfalls sicher, es mit Verbrechern zu tun zu haben. Welcher gesetzestreue Bürger veranstaltete nachts in einem fremden Lager einen derartigen Mummenschanz?

Diese Kerle führen Böses im Schilde, dachte Lucy. Aber was? Darüber konnte sie sich später noch Gedanken machen. Sie durfte sich nur nicht abhängen lassen.

Sehen konnte sie die Flüchtenden in den schwarzen Verkleidungen in der Finsternis nicht. Das Glühen dieser unheimlichen Augen war erloschen; wahrscheinlich hatten die beiden Kerle die entsprechende Apparatur ausgeschaltet. Auch den künstlichen Nebel schien es nicht mehr zu geben. Also musste sich Lucy ganz auf ihr Gehör verlassen.

Sie hörte lautes Rascheln und schwere Tritte und musste grinsen. Geister oder Dämonen sollten das sein? Sie hatte noch niemals gehört, dass solche Wesen Füße hatten. Gespenster bewegten sich doch angeblich lautlos!

Nun vernahm Lucy sogar leise Stimmen. Die Kerle raunten einander etwas zu. Doch sie verstand die Worte nicht, sosehr sie sich auch anstrengte. Sprachen die Schurken englisch miteinander? Lucy war sich nicht sicher.

Durch die Geräusche, die sie verursachten, war es anfangs leicht, die Flüchtenden zu verfolgen. Doch je länger die Jagd andauerte, desto schwieriger wurde es. Lucy konnte unmöglich sagen, ob sie selbst langsamer wurde oder die Verbrecher schneller.

Vielleicht lag es auch daran, dass immer mehr Dschungeltiere aus dem Schlaf erwachten und nun ebenfalls Spektakel veranstalteten. Affen kreischten, Ratten pfiffen, Vögel trillerten. Und dann schlug Lucy plötzlich der Länge nach hin!

Sie war über etwas gestolpert. Und dieses »Etwas« gab ein eigenartiges Blöken von sich. Lucy spürte, wie ihr das Blut aus der Nase lief. Sie war mit dem Kopf auf den Urwaldboden geknallt, der hier zum Glück nicht allzu hart war.

Das Mädchen wirbelte herum. Das Herz schlug ihr bis in den Hals. An dieser Stelle fiel schwaches Mondlicht durch das Blätterdach des Urwalds, und Lucy sah, worüber sie gestolpert war.

Es war ein Riesengürteltier, das bis zu einen Meter fünfzig lang werden konnte. Lucy erinnerte sich an eine Abbildung in ihrem Biologiebuch. In der freien Wildbahn sahen diese Tiere allerdings viel Respekt einflößender aus.

Zum Glück waren Gürteltiere für Menschen ungefährlich. Sonst hätte sie ganz allein und ohne Waffe ziemlich schlechte Karten gehabt.

Das Gürteltier wackelte mit seinem seltsamen Schädel, als wollte es seinen Missmut ausdrücken. Dann blökte es noch einmal und bewegte sich mit seinem wiegenden langsamen Gang weiter vorwärts.

Lucy stand vom Boden auf. Ihre Nase blutete immer noch, und sie hatte sich zudem ein Knie aufgeschlagen und sich unheimlich erschrocken. Nun, für das Gürteltier war der Schock gewiss ebenso groß gewesen.

Lucy presste sich ein Taschentuch gegen die Nase. Die Verfolgungsjagd konnte sie nun vergessen. Während ihrer Begegnung mit der einheimischen Tierwelt hatten sich die Kerle zu weit entfernt. Lucy würde sie nicht wiederfinden.

Sie schaute sich um. Sie wusste nicht mehr, in welcher Richtung sich das Lager befand. Überall um sie herum wuchsen exotische Pflanzen, und es war ziemlich düster, sodass sie kaum zwei Schritte weit sehen konnte.

Sie presste die Lippen aufeinander. So ein Mist!

Lucy überlegte fieberhaft. Wie weit war sie in den Dschungel gelaufen? Hundert Meter? Einen halben Kilometer? Oder noch weiter?

Wenn sie in die falsche Richtung weiterging, würde sie sich immer mehr vom Lager entfernen. Sollte sie lieber bleiben, wo sie war, und darauf hoffen, dass ihr Dad und die Mexikaner sie finden würden?

Lucy merkte, dass sie in Panik geriet. Aber sie zwang die Angst nieder. Es gibt immer eine Lösung! Davon war sie fest überzeugt. Außerdem hatte Mom diesen Satz auch oft gesagt!

Und dann fiel es ihr ein. Natürlich sah der Dschungel nicht überall gleich aus. Dort, wo sie entlanggeeilt war, waren viele der großen Blätter geknickt und auch eine Menge Zweige abgebrochen. Diese Spur zu finden und ihr zu folgen, war in der Finsternis zwar nicht leicht, aber auch nicht völlig unmöglich. Wenn der Morgen heraufzog, würde sie sicherlich auch Fußspuren am Waldboden entdecken. Dann brauchte sie nur ihren eigenen Schuhabdrücken zu folgen, um ins Lager zurückzufinden!

Für den Moment konzentrierte sich Lucy auf die gebrochenen und abgerissenen Blätter und die geknickten Zweige. Das war zwar mühsam, aber auf diese Weise bewegte sie sich wenigstens in die richtige Richtung.

Lucy machte sich auf den mühsamen Rückweg. Zwischendurch schaute sie immer wieder auf ihre Armbanduhr. Es war nun schon fast eine Stunde vergangen, seit sie die erfolglose Verfolgung der zwei »Gespenster« aufgenommen hatte.

Da zischte plötzlich eine rote Rakete in den Nachthimmel!

Lucy hielt den Atem an. Sie warf den Kopf in den Nacken und schaute zu, wie sich die Leuchtrakete dort oben einige Zeit hielt und einen rötlichen Lichtschein über dem Dschungel verbreitete. Dann war die Rakete verglüht.

Dem Mädchen war sofort klar, dass ihr Vater diese Rakete abgeschossen hatte. Sie gehörte zu der Notfallausrüstung der Expedition. Der Raketenabschuss hatte Lucy zwei Dinge gezeigt. Erstens bewegte sie sich in die richtige Richtung. Und zweitens hatte man ihr Verschwinden bemerkt.

Beides spornte Lucy an. Sie beschleunigte ihre Schritte. Bald konnte sie zwischen den Baumstämmen vor ihr einen flackernden Feuerschein ausmachen. Offenbar hatten die anderen Expeditionsteilnehmer das Lagerfeuer neu entfacht und mehr Brennmaterial aufgelegt. Jedenfalls war die Flammensäule nicht zu übersehen. Allzu weit konnte es bis dorthin nicht mehr sein.

Lucy hatte nun einen Wegweiser, an dem sie sich orientieren konnte. Es war nicht mehr notwendig, sich langsam und vorsichtig voranzutasten.

So eilte sie auf das Lager zu.

Da erblickte sie einen schwarzen Stofffetzen. Er hing an einem Ast. Beinahe hätte sie das Textilstück übersehen.

Lucy blieb stehen. Sie riss den Stoff ab und hielt ihn sich direkt vor die Augen. Es war leichter Baumwollstoff, pechschwarz.

Nun hatte Lucy endgültig den Beweis dafür, dass kein übernatürlicher Spuk das Lager heimgesucht hatte, sondern verkleidete Menschen, die nichts Gutes im Schilde führten. Jedenfalls ging sie davon aus, dass diese Kerle keine guten Absichten verfolgten und die ganze filmreife Szene auch kein Spaß gewesen war.

Natürlich wäre es Lucy lieber gewesen, sie hätte die Schurken bis zu deren Versteck verfolgen können. Aber auch so war ihre Verfolgungsjagd ein Erfolg gewesen.

Das sah ihr Vater allerdings anders …

»Was fällt dir ein, mitten in der Nacht in den Dschungel zu laufen?«, rief Dad aufgebracht, als sie das Lager endlich gefunden hatte.

»Ich wollte …«, setzte sie an.

Doch er ließ sie nicht ausreden. »Was hast du dir nur dabei gedacht, Lucy? Du hättest dich dort draußen verirren können. Das hier ist kein Spielplatz. Man kann im Dschungel verhungern oder verdursten. Oder wilde Tiere fallen einen an!«

»Aber …«

»Ich will nichts mehr hören. Du gehst jetzt in dein Zelt und schläfst. Und ich überlege mir bis morgen früh, auf welche Weise ich dich gefahrlos in die Staaten zurückschicken kann.«

Dads Worte trafen Lucy wie Keulenschläge. Noch niemals zuvor hatte sie ihn so wütend erlebt. Außerdem fühlte sie sich zutiefst ungerecht behandelt.

Okay, es war nicht allzu clever gewesen, allein die Verfolgung aufzunehmen. Aber dadurch hatte sie nun Gewissheit, dass Gangster sie überfallen und nicht irgendwelche überirdischen Mächte sie heimgesucht hatten. Doch ihr Vater hörte sie ja nicht an. Er ließ sie noch nicht einmal ausreden.

Trotzig stopfte Lucy das schwarze Stoffstück tiefer in ihre Tasche. Wenn ihr Vater die Wahrheit nicht hören wollte, würde sie das Beweisstück eben behalten.

TERROR AUF DER HÄNGEBRÜCKE

Trotz der nächtlichen Aufregungen schlief Lucy noch einmal tief und fest ein. Als sie wieder aufwachte, ging bereits die Sonne auf.

Lucy zog sich an und wollte sich im Fluss waschen. Sie verließ ihr Zelt. Einige Schritte Richtung Ufer kauerte ihr Vater am Boden. Sie musste an ihm vorbei, wenn sie zum Fluss wollte. Sofort fiel Lucy wieder ein, wie wütend er nach ihrer Verfolgungsjagd gewesen war.

Dad hob den Arm, ohne sich zu ihr umzudrehen.

»Sieh nur«, sagte er leise, »dort am Himmel!«

Neugierig kam Lucy näher. Sie ließ sich neben ihm auf den Boden nieder und schlug die Beine unter.

»Was ist dort?«

»Die Venus. Kannst du sie sehen, Lucy? Sie steht westlich der Sonne, ist schon ziemlich verblasst. Man nennt sie auch den Morgenstern, wenn man sie in dieser Position am Himmel sieht.«

Lucy wusste immer noch nicht, worauf ihr Vater hinauswollte. »Das habe ich auch schon mal irgendwo gehört, Dad.«

»Für die Azteken war der Morgenstern, also die Venus, ihr Gott Quetzalcoatl, der Schöpfergott dieses Indianervolkes. Nach dem Glauben der Azteken verdankten sie Quetzalcoatl ihre Weisheiten und Erfindungen, so wie den Pyramidenbau oder ihre raffinierten Bewässerungssysteme. Auch der Mais und die Bohnen und die Agaven und alle anderen Nahrungsmittel wurden den Menschen von diesem Gott geschenkt. – Ich erzähle dir das, damit du möglichst viel über die Azteken weißt. Je mehr wir über sie wissen, desto wahrscheinlicher ist es, dass wir die Stadt der Doppelschlange entdecken werden.«

Lucy wusste nicht, was sie darauf erwidern sollte. Also sagte sie nichts und genoss den Anblick der verblassenden Venus am Morgenhimmel.

Ihr Vater schnitt bald ein anderes Thema an. »Ich habe mich heute Nacht sehr über dich geärgert, Lucy. Ich muss wohl nicht sagen, dass ich mir große Sorgen um dich gemacht habe. Ich bin sehr erleichtert, dass du nur mit einer kleinen Schramme ins Lager zurückkehren konntest. Aber ich muss zugeben, dass ich selbst auch Schuld daran habe, was geschehen ist.«

»Wie – wie meinst du das?«, fragte sie stockend.

»Ich habe dich auf diese Expedition mitgenommen. Dabei weiß ich, dass solche Forschungsreisen gefährlich sind. Ich bin selbst schon oft genug in riskante Situationen geraten. Aber ich habe nicht bedacht, dass du meine Tochter bist.«

Was wollte Dad ihr damit sagen? Lucy schaute ihn aus großen Augen an. Aber bevor sie die Frage stellen konnte, beantwortete er sie schon. Und dabei verzog sich sein Mund zu einem Lächeln.

»Ich glaube, du hast deine Neugier und deinen Wagemut von mir geerbt. Ehrlich gesagt wäre ich an deiner Stelle auch hinter diesen merkwürdigen Gestalten hergerannt. Ich dachte, ein so junges Mädchen wie du wäre vorsichtiger und vielleicht auch ängstlicher. Das habe ich falsch eingeschätzt.«

»Dad, das waren keine Geister oder Dämonen! Ich ...«

Aber ihr Vater schnitt ihr mit einer Handbewegung das Wort ab. »Ich möchte nichts mehr über vergangene Nacht hören, Lucy. Für mich ist diese Sache erledigt. Nur bitte lauf nicht noch mal allein in den Dschungel.« Er machte eine Pause und zog etwas aus der Tasche. »Natürlich kann es sein, dass du dich trotzdem mal verirrst. Hier, den schenke ich dir. Das hätte ich schon viel früher tun sollen.«

Er zeigte ihr den Gegenstand. Es war ein Kompass, an einer langen Schnur befestigt. Dad legte die Schnur um Lucys Hals. Dann erklärte er ihr, wie sie mit Hilfe des Kompasses immer wieder zum Lager oder einem anderen Ausgangspunkt zurückfinden konnte.

»Danke, Dad!«, rief Lucy und gab ihrem Vater einen Kuss. Sie freute sich nicht nur darüber, dass Dad offenbar nicht mehr böse auf sie war. Viel wichtiger fand sie, dass er sie als seine Tochter akzeptierte, als einen Menschen, der ihm ähnlich war und mit dem ihn viel verband. Bisher hatte sie sich immer nur ihrer Mom nahe gefühlt. Aber nun dämmerte ihr, dass es zwischen ihr und ihrem Vater mehr Gemeinsamkeiten gab als nur die grünen Augen ...

Zum Frühstück gab es nur etwas Brot, Salami und starken Kaffee. Lucys Vater drängte zum Aufbruch. Sie kamen allerdings nur langsam voran. Dad und Alfonso machten eine kleine Probegrabung, weil der Boden möglicherweise Ruinen barg. Dadurch hatte Lucy Gelegenheit, sich mit Pedro zu unterhalten.

»Dein Dad war ja ganz schön sauer«, meinte der junge Mexikaner grinsend.

»Ja, aber wir haben uns wieder vertragen. Außerdem habe ich etwas sehr Interessantes über diese dunklen Gestalten in Erfahrung gebracht.«

Furcht flackerte in Pedros Augen auf. Er wollte offenbar nichts davon hören. »Nicht, Lucy!«, raunte er. »Nicht darüber sprechen! Damit lockt man sie nur an!«

»Wen meinst du? Diese schrägen Vögel, die sich verkleidet haben, um uns in der Nacht einen Schreck einzujagen? Okay, das haben sie geschafft.«

»Man darf über die Dämonen nicht spotten!« Pedros Stimme zitterte. »Sonst nehmen sie grausame Rache!«

Lucy zog das Stück schwarzen Stoffs aus der Tasche und hielt es ihm hin. »Siehst du das, Pedro? Hast du schon mal gehört, dass sich Gespenster in Baumwolllaken hüllen? Ich jedenfalls nicht. Außerdem bin ich hinter diesen Gestalten hergelaufen. Die sind nämlich fortgerannt, anstatt sich in Luft aufzulösen oder in eine andere Dimension abzutauchen. Ich konnte sie auch miteinander reden hören!«

»Okay, okay«, sagte Pedro schnell. »Dann waren es wohl doch keine Dämonen.« Aber Lucy spürte, dass sie ihn nicht überzeugt hatte.

Dabei kam es ihr gar nicht darauf an, auf Biegen und Brechen Recht zu behalten. Sie fragte sich nur, was die Verbrecher mit dieser Schmierenkomödie bezweckten. Es war nichts gestohlen worden. Die Kerle hatten es aber geschafft, Pedro und dessen Verwandten einen Mordsschreck einzujagen.

Bei der Probegrabung zeigte sich, dass die versunkene Stadt wohl nicht an dieser Stelle gelegen haben konnte. Der Marsch ging also weiter. Um die Mittagszeit wurde der Weg steiler. Im Dschungel waren plötzlich schroffe Felswände zu erkennen.

Und dann sahen sie die Brücke.

Es war eine Hängebrücke, aus unzähligen handgedrehten Seilen gefertigt. An dieser Stelle fielen beide Ufer steil zum Fluss hin ab.

»Auf dieser Seite des Flusses ist der Weg zu Ende«, erklärte Alfonso. »Er führt auf der anderen Seite weiter. Wir müssen die Brücke überqueren.«

Das Geflecht schwankte in dem leichten Wind, der über den kleinen Fluss strich. Von der Brücke aus ging es schätzungsweise acht bis zehn Meter in die Tiefe. Das reichte, um sich den Hals zu brechen.

»Wie lange gibt es diese Brücke schon, Alfonso?«, wollte Lucys Vater wissen.

»Seit ich denken kann, *Señor*. Wahrscheinlich gab es sie schon zu Zeiten der Azteken. Natürlich nicht diese Brücke. Bestimmt ist sie im Laufe der Jahre öfter verbrannt oder gerissen. Aber diese hier wird immer wieder repariert, wenn etwas kaputtgeht. Und falls sie ganz zerstört wird, dann gibt es eine neue.«

»Momentan scheint sie ja in gutem Zustand zu sein«, sagte Dad. »Ich gehe als Erster hinüber.«

Und bevor jemand etwas erwidern konnte, betrat Lucys Vater die wacklige Seilkonstruktion. Man musste auf Seile treten, und zwischen diesen Querseilen war nichts als Luft, wie Lucy voller Entsetzen bemerkte. Aber es gab netzartig geknüpfte Seile an den Seiten, an denen man sich mit beiden Händen festhalten konnte.

Das war auch notwendig, denn die Brücke schwankte ziemlich stark. Besonders als Lucys Vater in der Mitte angekommen war. Doch er hielt sich mit beiden Händen gut fest, arbeitete sich vor und erreichte bald das jenseitige Ufer.

Als Nächster machte sich Alfonso auf den Weg. Der Mexikaner trug genau wie Lucys Vater einen sehr schweren Rucksack. Aber natürlich hatte Pedros Bruder genug Übung, denn er hatte die Brücke schon häufig überquert. Daher gelangte er mindestens so rasch wie der Altertumsforscher über den Fluss.

»Jetzt du, Lucy!«, rief ihr Dad.

Dem Mädchen wurde ziemlich mulmig zumute. Aber es half nichts, Lucy musste die Seilbrücke überqueren.

Sie atmete tief durch. Dann setzte sie einen Fuß auf eines der Querseile. Eigentlich konnte nichts passieren, wenn sie sich nur gut festhielt. Es war kaum möglich, zwischen den Querseilen hindurchzurutschen ...

Während sie sich an den Seilen links festhielt, schob sie die andere Hand über die Seile an der rechten Seite ein Stückchen weiter vor. Dann machte sie es umgekehrt. So hatte sie immer guten Halt, auch als sie einmal mit dem Fuß zwischen zwei Querseile geriet. Der Schreck fuhr ihr in alle Glieder. Aber im nächsten Moment spürte sie schon wieder das nächste Querseil unter ihrer Stiefelsohle.

Trotzdem brach ihr der Schweiß aus. Ihr T-Shirt klebte ihr am Rücken, als ihr Vater sie auf der anderen Uferseite in Empfang nahm.

»Gut gemacht, Lucy!« Er klopfte ihr anerkennend auf die Schulter.

Als Nächster war Pedro an der Reihe. Auch Lucys mexikanischer Freund hatte anscheinend keine Schwierigkeiten mit der Brücke. Er war ja mit seinem Bruder des Öfteren in dieser Gegend unterwegs, wie er der jungen Amerikanerin erzählt hatte.

Pedro befand sich schon auf der Mitte des Geflechts, als plötzlich wieder das Heulen und Stöhnen der vergangenen Nacht erklang!

Es waren die gleichen infernalischen Laute, mit dem die Verbrecher ihren nächtlichen Überfall begleitet hatten. Aber die dunklen Gestalten waren nicht zu sehen. Trotzdem zeigte das laute Schreien, Kreischen und Stöhnen Wirkung.

Pedro schrie auf. Dieser Lärm ängstigte ihn, er geriet in Panik, und Paco, Enero und Victor riefen wild durcheinander.

»Weitergehen, Pedro!«, rief Lucys Vater. »Du schaffst es!«

»Ich – ich kann nicht. Die Dämonen ...« Pedros Stimme war schrill vor lauter Angst.

Lucy kochte vor Wut. Diese Verbrecher spielten mit dem Leben ihres Freundes!

»Hört auf mit dem Unsinn!«, rief sie mit gellender Stimme. »Ich habe euch durchschaut! Ich weiß, dass ihr Menschen seid!«

Aber es kam keine Antwort. Wenn überhaupt, dann bestand sie darin, dass der Krach noch zunahm. Und dann bemerkte Lucy noch etwas anderes.

»Daddy!« Aufgeregt deutete sie auf eines der tragenden Seile.

»Verflixt!« Auch der Professor sah es. Die Brücke war beschädigt. Man konnte es nur von dieser Seite der Brücke aus erkennen. Das dicke Seil war schon leicht ausgefranst. Es würde reißen. Und dann würde Pedro in die Tiefe stürzen!

Pedro rührte sich nicht vor Angst. Er stand etwa in der Mitte der Brücke, hatte sich festgeklammert und zitterte wie Espenlaub.

»Ich werde ihn holen!«, entschied Lucy.

»Das kommt überhaupt nicht in Frage!«, schrie ihr Vater sie an. »Das mache ich. Schließlich bin ich der Expeditionsleiter und für alle Teilnehmer verantwortlich.«

»Ja, aber du bist bestimmt doppelt so schwer wie ich, Dad!«, widersprach sie und hielt ihn am Ärmel fest. »Ich kann es schaffen, aber bei deinem Gewicht und dem von Pedro reißt das Seil!«

Lucys Vater überlegte nur einen kurzen Moment. »Gut, aber sei vorsichtig. Wir sichern dich mit einem zusätzlichen Seil!«

Eiligst legte der Wissenschaftler ein unzerreißbares Kunststoffseil um den Oberkörper seiner Tochter.

Dann betrat Lucy erneut das Seilgeflecht, diesmal von der anderen Seite her. Pedro hielt die Seile an den Seiten mit beiden Händen umklammert. Er wimmerte vor Angst, während das laute und grausige Geschrei und Getöse noch immer ihre Ohren malträtierte.

Nach wenigen Augenblicken war Lucy bei dem jungen Mexikaner angelangt. »Gib mir deine Hand, Pedro!«

»Ich – kann nicht … die Dämonen – sie wollen mich …«

»Nimm meine Hand!«, fuhr Lucy ihn an. Und sie fügte lächelnd hinzu: »Und erzähl mir nicht, dass du nicht mit mir Händchen halten willst.«

Pedro wandte ihr sein tränenfeuchtes Gesicht zu. Er zögerte noch, die Hand von dem Seil zu lösen. Aber anscheinend war sie doch zu ihm durchgedrungen, denn er löste seine rechte Hand von dem Seil, an das er sich festgeklammert hatte.

Lucy packte seine Hand. »Und jetzt nichts wie rüber!«, rief sie, den nach wie vor anhaltenden Lärm überschreiend. »Und nicht nach unten schauen!«

Lucy zog den jungen Mexikaner hinter sich her. Pedro stolperte zweimal, fing sich aber schnell. Das Schreien, Jammern und Stöhnen war noch immer überlaut und stellte ihre Trommelfelle auf eine harte Probe.

Doch dann hatten Lucy und Pedro es geschafft. Sie flogen förmlich in die Arme von Lucys Vater und Pedros Bruder – als das Stöhnen und Schreien plötzlich abbrach und die Hängebrücke in die Tiefe rauschte!

DIE TEUFELSECHSE

Wie vom Donner gerührt standen Lucy und Pedro am steilen Abgrund. »Ohne dich wäre ich jetzt tot«, sagte der mexikanische Junge. »*Muchas gracias* – vielen Dank.«

»Gern geschehen«, erwiderte das Mädchen. »Dieses verflixte Herumgestöhne hat dich aus der Ruhe gebracht, Pedro. Bestimmt haben diese Typen auch das Seil angeschnitten.«

»Welche Typen?«

»Die Verbrecher, die in der vergangenen Nacht diesen Hokuspokus veranstaltet haben.«

Pedro nickte. Aber Lucy spürte, dass er immer noch glaubte, es mit übersinnlichen Kräften zu tun zu haben.

Alfonso rief etwas zu den drei Cousins hinüber, die immer noch auf der anderen Flussseite standen. Obwohl Lucy an der Highschool Spanisch lernte, konnte sie nicht alles verstehen. Doch offenbar stritt sich Pedros Bruder mit Paco, Enero und Victor. Die drei Männer auf der anderen Seite gestikulierten wild mit den Armen und Lucy vernahm ein paar Mal das Wort »*Diablo*«. Das bedeutete Teufel.

Lucy presste die Lippen zusammen. Sie hätte Pedro gern gefragt, worüber die Männer stritten, doch sie schwieg lieber und wartete ab, was weiterhin geschah. Nach ein paar Minuten wandten sich die drei Cousins auf der anderen Flussseite um. Sie ließen ihr Gepäck einfach zurück und eilten davon.

»Was soll das?«, rief Lucys Vater fassungslos.

»Meine Cousins wollen nicht weitergehen«, erklärte Alfonso. »Sie sagen, die Stadt sei verflucht. Sie haben Angst vor dem Teufel und vor den Dämonen der Azteken. Diese Geräusche vorhin und die Erscheinungen in der Nacht – das geht nicht mit rechten Dingen zu. Paco, Enero und Victor kehren nach Villahermosa zurück. Ich kann sie verstehen.«

»Aber das sind keine Dämonen, die uns terrorisieren!«, rief Lucy aufgeregt. Sie zog das Stück Stoff aus der Tasche und schwenkte es in der Luft. »Hier! Das ist schwarzer Baumwollstoff! Den habe ich gestern gefunden, als ich diese Kerle verfolgt habe!«

Dad, Alfonso und Pedro schauten auf den Fetzen. Sie wirkten nicht sehr beeindruckt.

»Und was soll das beweisen?«, fragte Professor Clark schließlich.

Lucy rollte mit den Augen. Wie konnte ein Wissenschaftler so begriffsstutzig sein? »Es sind keine Dämonen, die uns diesen Ärger machen. Denn Dämonen verkleiden sich nicht, soweit ich weiß!«

»Es gibt keinen Beweis, dass dieses Stück Stoff von den ... *Wesen* stammt, die unser Lager angegriffen haben«, entgegnete ihr Vater.

Lucy traute ihren eigenen Ohren nicht. »Glaubst du etwa auch, dass wir es hier mit irgendwelchen Gespenstern zu tun haben?«

»Schluss damit!«, sagte ihr Vater schroff. »Ich will nichts mehr davon hören.« Er wandte sich an Alfonso. »Gibt es irgendeine Möglichkeit, deine Cousins umzustimmen?«

Pedros Bruder wirkte hilflos. »Ich wüsste nicht wie, *Señor*. Die Brücke ist kaputt. Wir können sie nicht mehr einholen. Sie werden uns nicht mehr hören, auch wenn ich noch so laut rufe.«

»Na schön. Das ist nun nicht mehr zu ändern«, sagte Lucys Vater.

»Dad«, begann Lucy.

Doch er fiel ihr sogleich wieder ins Wort. »Lucy, sei bitte still. Ich muss mich konzentrieren!«

Lucy spürte, wie ihr die Tränen in die Augen stiegen. Warum wollte er nicht wissen, was sie in der Nacht herausgefunden hatte? Wollte ihr Vater unbedingt an diesen Fluch glauben? Das Mädchen war enttäuscht. Sie beschloss, einstweilen überhaupt nichts mehr zu sagen.

»Wir marschieren zu viert weiter«, entschied Lucys Vater schließlich. »Da wir jetzt weniger Menschen sind, brauchen wir auch weniger Proviant. Auf das Gepäck auf der anderen Flussseite müssen wir eben verzichten.«

Mit diesen Worten wandte sich der Professor wieder dem Dschungelpfad zu.

Dad und Alfonso übernahmen wieder die Führung, Lucy und Pedro gingen hinter ihnen her.

Nach einer Stunde schweigsamen Marsches musterte der

Professor den Boden zu seinen Füßen. Er begann mit der Eisenstange vorsichtig im Erdreich zu stochern und Alfonso tat es ihm gleich.

Lucy war froh über die unerwartete Pause. Sie lehnte sich gegen einen mächtigen Baumstamm. Pedro stand neben ihr und beobachtete die beiden Männer. Sein Bruder und Lucys Vater waren völlig in die Untersuchung des Bodens vertieft.

»Du bist traurig«, sagte Pedro auf einmal zu Lucy.

Sie wusste nicht, was sie darauf erwidern sollte. Sie zuckte mit den Schultern.

»Ich habe mich noch gar nicht richtig dafür bedankt, dass du mir das Leben gerettet hast.« Der mexikanische Junge bewegte sich und stellte sich direkt vor Lucy. Er war einen halben Kopf größer als sie. Mit einer sanften Bewegung hob er ihren Moskitoschleier an.

Lucy wollte protestieren, denn die kleinen Stechviecher waren wirklich heimtückisch. Pedro näherte sich mit seinen Lippen ihrem Mund. Lucy wollte etwas sagen. Aber sie wusste nicht genau was.

Pedro küsste sie.

Lucy fand das ganz schön dreist. Schließlich war ihr Vater keine zehn Schritte von ihnen entfernt. Jeden Moment konnte er herüberschauen. Aber vielleicht lag gerade darin der Reiz. Außerdem konnte Pedro gut küssen. Jedenfalls besser als die beiden Schulfreunde, mit denen Lucy schon einmal herumgeknutscht hatte …

Sie erwiderte die Zärtlichkeiten, schmiegte sich an ihn.

Dann, wie auf einen lautlosen Befehl hin, lösten sie sich voneinander und Lucy zog den Schleier wieder vor ihr Gesicht.

»Wenn solche Belohnungen winken, dann muss ich dir wohl öfter das Leben retten.« Lucy zwinkerte ihm zu. Ihre Traurigkeit und die schlechte Laune waren wie weggeblasen. Sie hatte sich eigentlich schon in Pedro verliebt, als er sie auf dem Markt angesprochen hatte, wie ihr in diesem Moment klar wurde.

In seinen Augen sah sie wieder jene Lebensfreude und Unbekümmertheit, die ihr so gut an diesem Jungen gefielen. Die Angst und Besorgnis wegen der Dämonen waren von Pedro abgefallen. Jedenfalls für den Moment.

Lucys Vater drehte sich zu ihnen um. Lucy und Pedro standen nun zwei Schritte voneinander getrennt und erwiderten seinen Blick mit Unschuldsmienen.

Lucy wollte fragen, ob sich die vergessene Aztekenstadt unter ihren Füßen befand. Aber dann fiel ihr ein, dass ihr Vater ihr ja sozusagen den Mund verboten hatte. Doch ihrer soeben entstandenen guten Laune konnte das keinen Abbruch mehr tun.

»Hier sind keine Mauerreste«, sagte der Professor. »Wir gehen weiter.«

Bald stand die Sonne im Zenit. In der Mittagspause kochte Alfonso wieder. Lucy ertappte sich dabei, wie sie immer wieder verliebt zu Pedro hinüberschaute. Gern hätte sie seine Hand gehalten. Aber sie wollte nicht, dass ihr Vater etwas von ihren Gefühlen für den mexikanischen Jungen mitbekam. Lucy fand, dass es zunächst nur Pedro und sie selbst etwas anging.

Nach der Rast setzten sie ihren Marsch fort. Sie gingen über einen Pfad, der weiterhin in der Nähe des Flusses verlief, sodass sie das Wasser rauschen hörten, den Fluss jedoch nicht zu Gesicht bekamen. Das Dach, das die Baumriesen über ihnen bildeten, war so dicht, dass kaum noch ein Sonnenstrahl den Waldboden erreichte und ein dämmriges Zwielicht herrschte.

Auf einmal stieß Alfonso einen Entsetzensschrei aus und Lucy schreckte auf. Die Schwüle und die Luftfeuchtigkeit hatten sie müde werden lassen, doch durch den schrillen Schrei wurde sie schlagartig aus ihrem Dämmerzustand gerissen.

Sie folgte mit ihren Blicken der Richtung, in die Alfonso mit ausgestrecktem Arm wies.

Und dann sah auch sie, was Pedros Bruder so in Panik versetzte.

Da bewegte sich etwas im Dickicht nahe des Pfades. Etwas, das ungefähr menschengroß war. Man hörte es knacken, dann trat das Etwas aus dem Dickicht und halb auf den schmalen Weg.

Es war tatsächlich ein »Etwas« – weder Tier noch Mensch. Eine Art Echse, die auf zwei Beinen ging, die viel zu kleinen verstümmelten Ärmchen vorgestreckt und mit einem übergroßen Kopf.

Langsam wandte es den Kopf und starrte die vier Menschen aus böse blickenden Augen an.

»Schießen Sie, *Señor*!«, rief Pedros Bruder flehend. »Schießen Sie doch!«

Lucy wusste, dass ihr Vater für alle Fälle einen Revolver mitgenommen hatte. Er griff an seine Seite, wo am Gürtel ein Holster angebracht war, in dem die Waffe steckte. Professor Clark öffnete das Holster, umklammerte den Revolverkolben und zog das Schießeisen hervor.

Noch immer starrte die Echse die Menschen an, als wollte sie ihre Opfer allein mit ihrem Blick töten.

»Schießen Sie, *Señor*!«, wiederholte Alfonso.

Und Lucys Vater tat es!

Er feuerte zweimal.

Doch nichts geschah!

Das unheimliche Echsenwesen zeigte keine Reaktion. Lucy sah auch kein Blut. Es war, als seien die Kugeln durch das Monster hindurchgegangen ...

Dann setzte es sich wieder in Bewegung, allerdings nicht auf die Menschen zu. Es verschwand wieder im Dickicht und man hörte Zweige knacken und Äste brechen.

Dad feuerte nicht noch mal. Er war absolut fassungslos. Es dauerte einige Minuten, bis er wieder in der Lage war, sich zu regen. Er steckte den Revolver zurück ins Holster.

Alfonso bekreuzigte sich. Pedro folgte seinem Beispiel.

»Die Heilige Jungfrau sei uns gnädig! Das war eine Teufelsechse!«, rief der ältere Bruder.

»Ein Dämon?«, hakte Lucys Vater nach.

»Ja, *Señor*! Sie haben doch selbst gesehen, dass Ihre Kugeln der Kreatur nichts anhaben konnten. Dieses Wesen ist eine Mischung aus Mensch und Echse – und es ist nicht lebendig!«

Lucy war im ersten Moment auch erschrocken gewesen, als sie die unheimliche Echsenkreatur gesehen hatte. Aber dann war ihr etwas aufgefallen. Aber was bloß? Das Mädchen zerbrach sich darüber den Kopf. Und dann fiel es ihr ein!

»Dieses Wesen sah aus wie ein Ungeheuer aus einem japanischen Monsterfilm«, sagte sie.

»Was?« Ihr Vater drehte sich zu ihr um.

»So sehen die Ungeheuer in japanischen Monsterfilmen aus, Dad. Godzilla und Ebira und Mothra und wie sie alle heißen.«

»Aber ... das hier ist kein japanischer Monsterfilm, sondern die Realität, Kind!«, rief ihr Vater völlig außer sich. »Oder willst du etwas anderes behaupten?«

Lucy erkannte, dass mit ihrem Dad in diesem Moment nicht zu reden war. Er war einfach zu aufgebracht. Daher hielt sie lieber wieder den Mund.

Aber sie war sich hundertprozentig sicher, dass dieses Vieh genauso ausgesehen hatte wie eines der Ungeheuer aus einem dieser billigen Monsterfilme ...

Aus ihrem Versteck heraus hatten Doc Bones und Arnold den Auftritt der »Teufelsechse« beobachtet. Professor Clark hatte sogar auf das vermeintliche Ungetüm geschossen, allerdings ohne Wirkung. So war es beabsichtigt gewesen.

Doc Bones war sehr stolz auf die Vorstellung, die Gunner gegeben hatte. In dem Monsterkostüm aus Schaumstoff wirkte er tatsächlich Furcht einflößend.

Doc Bones hatte einen guten Bekannten, der lange Zeit als Make-up- und Special-Effects-Mann beim Film gearbeitet hatte, bevor auch er auf die schiefe Bahn geraten war. Allerdings war er nicht für diese tollen Digital-Tricks verantwortlich gewesen, die berühmte Regisseure wie etwa Steven Spielberg oder Peter Jackson in ihren Millionen teuren Filmproduktionen zeigten, sondern hatte Monster für billige Horrorstreifen und Science-Fiction-Fernsehserien, die mit wenig Budget auskommen mussten, zum Leben erweckt.

Von ihm hatte sich Doc Bones das Kostüm für die Monsterechse geborgt, in dem eigentlich ein Schauspieler durch eine Miniaturstadt trampelte, damit es so aussah, als würde ein riesengroßes Ungeheuer eine Metropole wie Tokio oder New York in Schutt und Asche legen. Auch die schwarzen Geisterverkleidungen mit den künstlichen Köpfen, den glühenden Augen und den kleinen Sprühflaschen für Kunstnebel darin hatte Doc Bones auf diese Weise bezogen.

Bones hatte noch ein halbes Dutzend einheimischer Schurken angeworben für die Verfolgung von Professor Clark und dessen Expedition. Sie waren Clark und seinen Begleitern dicht auf den Fersen, seit diese in den Urwald eingedrungen waren, achteten aber auch darauf, genügend Abstand von Clarks Gruppe zu halten, um selbst nicht entdeckt zu werden. Momentan warteten die Männer in Bones Lager, das sie in einiger Entfernung errichtet hatten.

Ohne diese Männer hätten Doc Bones und seine beiden Lakaien Gunner und Arnold das technische Equipment und die Kostüme, die sie für den Geisterspuk brauchten, gar nicht durch den Urwald tragen können, denn auf sein Wohnmobil musste der Verbrecherboss leider verzichten; die schmalen Urwaldpfade waren für ein Fahrzeug absolut nicht geeignet.

Endlich erschien Gunner. Er gesellte sich zu Arnold und Doc Bones. Das Monsterkostüm aus Schaumstoff hatte er ausgezogen und in einem Sack verstaut, den er über der Schulter trug. Er war völlig verschwitzt, denn in dem Schaumstoffkostüm war es wesentlich heißer als im ohnehin schon tropischen Dschungel. Er grinste, denn er war stolz darauf, dass alles so herrlich geklappt hatte.

»Das war toll, Boss«, sagte er fröhlich. »Die haben den Schock ihres Lebens gekriegt! Nur als der Professor auf mich geschossen hat, da habe ich mich richtig erschreckt!«

»Idiot«, knurrte Arnold und stieß ihm den Ellbogen in die Rippen. »Du weißt doch, dass ich mich letzte Nacht in ihr Lager geschlichen und heimlich die Patronen seines Revolvers ausgetauscht habe.«

Das hatte er tatsächlich getan, und zwar bevor sie in der Nacht ihren Auftritt als Gespenster gehabt hatten. Schließlich mussten sie vermeiden, dass der Professor plötzlich auf die »Geister« schoss und einen von ihnen verletzte oder gar tötete.

Deshalb hatte Arnold die Patronen in der Revolvertrommel gegen Platzpatronen ausgetauscht.

Doc Bones rieb sich die Hände. »Bis jetzt ist unser Dämonenspuk ein voller Erfolg. Drei von Clarks Leuten sind ihm schon davongelaufen. Wenn das so weitergeht, wird er mit seiner Göre allein den Schatz heben müssen. Und die beiden schaffen wir mit links.«

Arnold schien nicht so ganz davon überzeugt. Er runzelte die Stirn und dachte angestrengt nach, was ihm nicht gerade leicht fiel.

»Hast du Zweifel?«, knurrte sein Boss.

»Nicht direkt. Aber was ist, wenn unsere Horror-Show so gruselig wird, dass selbst der Professor aufgibt? Dann müssten wir den Schatz ja selbst suchen und bergen.«

Doc Bones schüttelte den Kopf. »Clark gibt nicht auf. Ich kenne ihn. Er will unbedingt das Geheimnis dieser vergessenen Stadt lüften. Doch wenn es so weitergeht, steht er am Ende allein da. Dann gibt es auch nicht so viele lästige Zeugen, wenn wir ihm die Beute abjagen.«

Das Gesicht des ehemaligen Wissenschaftlers verzerrte sich zu einer heimtückischen Fratze.

WO IST PEDRO?

Nach der Begegnung mit der angeblichen Teufelsechse herrschte eine düstere Stimmung unter den vier Expeditionsteilnehmern. Lucy war wütend. Offenbar war sie die Einzige, die nicht davon überzeugt war, es mit Geistern und Dämonen zu tun zu haben.

Selbst ihr Vater machte einen furchtsamen Eindruck, seit er auf das schwarze Ungetüm geschossen hatte, ohne dass seine Kugeln etwas hatten ausrichten können. Das bekümmerte Lucy sehr, denn trotz mancher Reibereien verstand sie ihren Dad inzwischen besser als noch vor wenigen Tagen. Die Jagd nach den Zeugnissen längst vergangener Kulturen war zweifelsfrei aufregend, auch wenn sie bisher noch nichts gefunden hatten. Aber für Lucy war es eben die erste Forschungsexpedition ihres Lebens, und über einen Mangel an Aufregung hatte sie sich seit dem Start in Villahermosa nicht beklagen können.

Nach einer weiteren erfolglosen Probegrabung und dem Mittagessen verging der Nachmittag ohne nennenswerte Vorkommnisse. Die Sonne stand schon tief, als Dad erneut im Erdreich herumzustochern begann.

»Hier könnte etwas sein«, murmelte er und rief dann: »Lucy, du und Pedro könnt schon mal Brennmaterial für das nächtliche Lagerfeuer sammeln. Aber bitte entfernt euch nicht zu weit!«

Lucy und Pedro nickten und machten sich davon. Pedro war

wieder sehr schweigsam geworden, seit ihnen dieses angebliche Monster über den Weg gelaufen war. Das gefiel Lucy gar nicht. Sie startete einen weiteren Anlauf, ihm seine Furcht zu nehmen.

»Hör mal, da sind irgendwelche Gangstertypen hinter uns her, Pedro«, sagte sie zu ihm. »Wahrscheinlich sind auch sie hinter dem Schatz der Azteken her, den mein Dad zu finden hofft. Deshalb veranstalten sie diesen Hokuspokus mit Dämonen und Teufelstieren.«

Pedros Stimme zitterte, als er antwortete: »Lucy, du kommst aus einer anderen Welt. Du kannst mich nicht verstehen. Es gibt Geschichten, verstehst du? Meine Großmutter hat sie meinen Geschwistern und mir erzählt, wenn wir abends nach dem Essen noch zusammensaßen. Geschichten von Menschen, die im Dschungel verschwanden und später als Geister zurückkehrten. Sie hat auch von Tiermenschen erzählt und von Toten, die sich aus ihren Gräbern erheben. Für dich sind das vielleicht alles nur Kinderkram, aber ich glaube, dass diese Geschichten auch einen wahren Kern haben.«

Lucy erwiderte nichts darauf. Sie wollte Pedro gegenüber nicht die Glaubwürdigkeit seiner Großmutter in Zweifel ziehen und ihn damit womöglich gegen sich selbst aufbringen. Und in einer Hinsicht hatte der mexikanische Junge auch recht: Er war tatsächlich in einer anderen Welt aufgewachsen. Vielleicht wäre Lucy ja auch empfänglich für solche Gespenstergeschichten gewesen, hätte sie diese seit frühester Kindheit erzählt bekommen.

»Du hast eben deine Meinung, und ich habe meine«, sagte Lucy diplomatisch. »Und nun lass uns schnell machen, damit wir genug Feuerholz haben, bevor es dunkel wird. Wir sollten uns aufteilen.«

Der mexikanische Junge zögerte einen Moment, aber dann stimmte er zu. Wahrscheinlich wollte er vor Lucy nicht als der größte Feigling aller Zeiten dastehen. »*Bueno*, Lucy. Ich gehe nach links, du in die andere Richtung, in Ordnung?«

Pedro bückte sich und war gleich darauf unter einigen brusthohen Sträuchern abgetaucht. Lucy wandte sich nach rechts und sammelte nachdenklich Feuerholz ein.

Bildete sie es sich nur ein oder wurde sie wirklich beobachtet? Lucy schaute sich immer wieder abrupt um, aber sie konnte keinen heimlichen Beobachter entdecken.

Lucy war sehr verliebt in Pedro, wie sie sich eingestand. Am besten gefielen ihr sein unwiderstehliches Lächeln und seine Energie, mit der er die Dinge anpackte.

Aber es gab auch eine Schattenseite. Und das war sein Aberglauben. Das Mädchen wollte es kaum fassen, wie sehr er sich von diesen Tricksereien fertigmachen ließ. Er war dann jedes Mal wie ausgewechselt, verängstigt und innerlich erstarrt. Das tat Lucy weh, aber sie empfand auch eine ungeheure Wut auf die Kerle, die ihrem neuen Freund so übel mitspielten.

Während ihr diese Gedanken durch den Kopf gingen, hatte Lucy einiges an Brennmaterial gesammelt. Sie kehrte an den Punkt zurück, wo sie sich von Pedro getrennt hatte.

»Pedro?«, rief sie. »Wollen wir zurück zum Lager?«

Lucy erhielt keine Antwort. Sie lauschte in den dichten Dschungel, vernahm aber nur die üblichen Geräusche des Urwaldes.

»Ist bei dir alles in Ordnung, Pedro?«

Lucy hatte lauter gerufen, aber eine Antwort erhielt sie trotzdem nicht. Sie spürte, wie ihr Pulsschlag sich beschleunigte.

Pedro musste etwas zugestoßen sein!

Lucy überlegte, ob sie ihren Vater und Alfonso zu Hilfe rufen sollte, entschied sich aber dagegen. Vielleicht irrte sie sich und Pedro war gar nichts passiert. Vielleicht konnte er sie nur nicht hören, weil er sich zu weit entfernt hatte und die Geräusche des Urwalds einfach zu laut waren.

Sie würde ihn suchen. Sie hatte ja den Kompass, den ihr Vater ihr gegeben hatte. Also würde sie sich nicht verlaufen.

Lucy setzte sich in Bewegung und lief zwischen großblättrigen Pflanzen hindurch. Auf einmal sah sie eine Schlange, die sie im ersten Moment für eine Liane gehalten hatte. Das Mädchen sprang zur Seite und lief in sicherem Abstand an dem Tier vorbei.

Da verlor sie plötzlich das Gleichgewicht!

Lucy ruderte mit den Armen. Sie war mit dem linken Stiefel fehlgetreten, ihr Fuß sackte ins Nichts. Nur die feste Schnürung des Stiefels verhinderte, dass sie sich den Knöchel verstauchte, als sie stürzte.

Durch das jahrelange Judotraining gelang es ihr, sich abzurol-

ACTION ZONE

len, ohne sich wehzutun. Zugegeben, bei ihrer nächtlichen Begegnung mit dem Gürteltier hatte das nicht ganz geklappt, aber da war es ja auch stockfinster gewesen.

Lucy rappelte sich wieder auf. Sie war nicht tief gestürzt, nur ungefähr einen halben Meter. Die Kante, auf der sie abgerutscht war, hatte sie unter den dicht wuchernden Farnen nicht sehen können.

Da hörte Lucy ein leises Stöhnen. Sie warf den Kopf herum.

»Pedro!«

Ihr Freund war offenbar ebenfalls die Kante hinuntergestürzt und kurz ohnmächtig gewesen. Er lag ein Stück neben ihr, halb unter tief hängenden Blättern verborgen. Deshalb hatte sie ihn nicht sofort bemerkt. Lucy eilte zu ihm.

Der junge Mexikaner hatte eine Platzwunde am Kopf. Er hatte sich den Schädel an einem flachen Stein angeschlagen. Lucy kniete sich neben ihn und tupfte ihm mit einem sauberen Taschentuch das Blut von der Stirn.

»Was ist passiert?«, stöhnte Pedro.

»Da ist so ein kleiner Abhang, den du übersehen hast. Ich übrigens auch, aber ich hatte etwas mehr Glück als du.«

Lucy half ihrem Freund beim Aufstehen. Er war nicht schwer verletzt, ihm war nur etwas schwindelig. Das beruhigte das Mädchen. Als sie sah, dass Pedro einstweilen allein zurechtkam, wandte sie sich noch einmal dem Abhang zu.

Es war kein natürlicher Abhang, wie sie erkannte. Lucy riss mit beiden Händen einige Farnbündel von der Kante.

»Schau dir das an«, sagte sie.

»Was denn?«

»Siehst du das nicht, Pedro? Diese Steine sind wahrscheinlich von Menschenhand übereinandergeschichtet worden als eine Art Mauer.« Sie schaute sich um und fügte dann hinzu: »Weißt du, was ich glaube? Wir stehen hier in einem Kanal oder Bewässerungsgraben der Azteken!«

»Meinst du?« Der junge Mexikaner klang nicht sehr überzeugt. Aber vielleicht brummte ihm auch noch immer der Schädel. Schließlich beteiligte er sich an der Untersuchung und sagte dann: »Du hast recht, Lucy! Hier, auf der anderen Seite befindet sich auch so eine Art Mauerwerk. Ja, das wurde von Menschen errichtet!«

»Komm, wir müssen meinen Vater holen!« Lucy war ganz aus dem Häuschen. »Er wird auf den ersten Blick genau erkennen, was davon zu halten ist.«

Lucy und Pedro liefen zum Lager zurück.

Professor Clark staunte nicht schlecht, als die beiden ihm von ihrer Entdeckung berichteten. Gemeinsam machten sich alle vier verbliebenen Teilnehmer der Expedition auf den Weg.

Dad untersuchte die behauenen Steine sehr sorgfältig. Er kratzte Dreck fort, nahm Messungen vor, dann nickte er Lucy und Pedro anerkennend zu.

»Ja, ihr beiden. Das hier ist tatsächlich ein Bewässerungsgraben, wie ihn die Azteken gebaut haben. Mit ihren teilweise terrassenförmig angelegten Anbauflächen konnten sie selbst in unfruchtbaren Bergregionen reiche Gemüse- und Maisernten einbringen. Dieser kleine Kanal ist ein Beweis dafür, dass wir auf der richtigen Spur sind. Wir befinden uns sehr nahe der versunkenen Stadt.«

Auf dem Rückweg zum Lager legte Professor Clark den Arm um die Schultern seiner Tochter.

»Ich bin stolz auf dich«, sagte er leise. »Dein Freund Pedro hat sicher auch seinen Anteil an dieser großartigen Entdeckung. Aber der ist ja nicht mit mir verwandt. Du hast heute bewiesen, dass du den richtigen Instinkt einer zukünftigen Altertumsforscherin hast. Faktenwissen über versunkene Kulturen reicht nämlich nicht aus. Man muss auch ein wachsames Auge haben und bestimmte Dinge erkennen können.«

»Danke, Dad«, brachte Lucy hervor. Etwas Besseres fiel ihr momentan nicht ein. Aber es war ehrlich gemeint, denn sie freute sich wirklich über das Kompliment ihres Vaters.

In dieser Nacht dauerte es lange, bis sie endlich einschlafen konnte. Lucy lag in ihrem Zelt und starrte mit offenen Augen in die Dunkelheit.

Lucy spürte, dass an diesem Tag etwas Bedeutendes mit ihr geschehen war. Sie hatte eine Entdeckung gemacht. Gewiss, es war mehr oder weniger Zufall gewesen. Und doch – hätte sie sich die Kante nicht so aufmerksam angesehen, dann wäre der alte aztekische Kanal gewiss unbemerkt geblieben.

Aber es war nicht nur Stolz, was sie empfand. Lucy konnte auf einmal auch ihren Vater viel besser verstehen. Ihr Dad beförderte auf seinen Forschungsreisen geheimnisvolle Dinge zutage. Nun hatte sie selbst erfahren, wie gut man sich nach einer solchen Entdeckung fühlte.

Lucy konnte es kaum noch erwarten, dass sie die Stadt der Doppelschlange fanden. Ihre Fantasie ging mit ihr durch. Sie stellte sich vor, wie die Stadt einst von aztekischen Kriegern und Handwerkern, Frauen, Kindern und Sklaven bevölkert worden war. Lucy sah Pyramiden vor ihrem geistigen Auge und Tempel zu Ehren des Gottes Huitzilopochtli. Immer farbiger wurden Lucys Gedankenbilder, bis sie sich schließlich zu wirren Träumen entwickelten und Lucy tief und fest schlief.

Als Lucy am nächsten Morgen aus ihrem Zelt kroch, schwirrten ihr die Traumbilder vom Aztekenreich noch immer durch den Kopf. Sie waren sehr intensiv gewesen und Lucy fand nur schwer in die Wirklichkeit zurück.

Vielleicht lag es ja an der Entdeckung des Bewässerungsgrabens. Lucy dachte daran, was ihr Dad gesagt hatte: Möglicherweise stand die Entdeckung der versunkenen Stadt unmittelbar bevor. Und das machte sie ganz kribbelig.

Ein Lagerfeuer war bereits entfacht worden. Der Kaffee war fertig. Lucy schlürfte vorsichtig die heiße und starke Flüssigkeit. Ihr Vater grüßte sie nur kurz. Er führte ein hitziges Gespräch mit Alfonso, doch obwohl beide Männer dabei heftig gestikulierten, sprachen sie doch leise und Lucy konnte kein Wort verstehen.

Pedro setzte sich zu ihr. »Mein Bruder will umkehren«, raunte er dem Mädchen zu. »Und ich kann ihn verstehen, ehrlich gesagt.«

Es war, als würde Lucys Herz für einen Moment aussetzen. Sie konnte nicht glauben, dass ihr neuer Freund so kurz vor dem Ziel aufgeben wollte. Das durfte doch nicht wahr sein!

Lucy öffnete den Mund, um etwas zu erwidern, aber dann hielt sie sich doch lieber zurück. Wenn sie ihm seinen Aberglauben vorwarf, würde sie überhaupt nichts erreichen.

Stattdessen versuchte sie es mit einer anderen Methode.

»Willst du mich wirklich allein lassen?«, fragte Lucy. Dabei bedachte sie Pedro mit einem Augenaufschlag, der jeden Jungen aus ihrer Highschoolklasse hätte dahinschmelzen lassen; sie hatte ihn lange geübt. »Ich dachte, du würdest mich ein wenig mögen.«

Pedro schluckte und stammelte: »Ich – ich mag dich auch, Lucy. Sehr sogar.«

Lucy winkelte die Beine an, schlang die Arme um die Knie und schob die Unterlippe vor. »Und trotzdem willst du mich hier in der Wildnis zurücklassen?«

»Aber dein Dad ist doch noch da.«

»Das ist nicht das Gleiche, Pedro. Und das weißt du genau.« Sie schaute ihn von der Seite her an, dann legte sie ihre Hand auf seinen Unterarm. Sie lächelte ihm zu.

Pedro atmete tief durch und sagte leise: »Nein, ich lasse dich nicht allein, Lucy. Wenn Alfonso umkehren will, dann muss er das ohne mich tun.«

Während Lucy ihren mexikanischen Freund um den kleinen Finger gewickelt hatte, wurde der Streit zwischen den beiden Männern immer lauter. Schließlich rief Alfonso seinem jüngeren Bruder auf Spanisch zu, dass sie beide nach Villahermosa zurückkehren würden. Lucy war sehr gespannt auf Pedros Antwort.

Der Junge schüttelte heftig den Kopf. »Ich habe mein Wort gegeben und das kann ich nicht einfach brechen.«

»Aber ich bin dein älterer Bruder. Du musst gehorchen!«

»Nein, das muss ich nicht!«

»Papa würde dir die Hammelbeine lang ziehen, Pedro!«

»Papa ist aber nicht hier, Alfonso. Wir wussten, worauf wir uns mit dieser Reise einlassen. Jetzt können wir die Clarks nicht einfach im Stich lassen.«

»Mach doch, was du willst!« Alfonso gab sich geschlagen. »Aber ich werde Papa alles erzählen. Da kannst du was erleben, wenn du nach Hause kommst!«

Alfonso nahm nur das Nötigste mit: sein Zelt, seinen Schlafsack und etwas Proviant. Er ging fort, ohne die drei Übriggebliebenen noch eines Blickes zu würdigen.

»Wir verteilen den Rest seiner Tragelast auf uns«, sagte der Professor. »Pedro, ich finde es klasse, dass du nicht auch umkehrst.«

»Das ist doch selbstverständlich, *Señor*«, erwiderte der mexikanische Junge. Er lächelte tapfer. Lucy wusste genau, dass er immer noch elende Angst vor den angeblichen Dämonen hatte. Aber er überwand seine Furcht, um bei ihr zu sein.

Und dafür liebte sie ihn umso mehr.

Lucy, ihr Dad und Pedro löschten das Lagerfeuer und traten wieder den Marsch durch den Dschungel an. Dieser wurde immer mehr zur Kletterei.

Der Weg wurde zunehmend steiler. Bald mussten sie sich mit den Händen an den Felsen festhalten, die sich links und rechts neben dem Pfad erhoben. Auch die Vegetation war nicht mehr so üppig.

Der Professor hatte die Führung übernommen. Lucys Vater erklomm einen Hügelkamm und blieb stehen. »Nun schaut euch das an!«

Lucy war gespannt. Sie war noch nicht ganz oben angelangt. Aber als sie dann auf den schwarzen Basaltsteinen neben ihrem Dad stand, verschlug es ihr die Sprache.

Ein wunderschöner Anblick bot sich ihnen.

Direkt vor Lucys Stiefelspitzen fiel der Hang wieder steil ab, und zwar zu einem kreisrunden See. Dieser war auf allen Seiten von unbewachsenen Abhängen umgeben. Dahinter wucherte wieder das Dickicht des tropischen Regenwaldes und zog sich bis zum Horizont.

»Das ist ein Kratersee«, erklärte Lucys Vater. »Vor Hunderten oder auch Tausenden von Jahren ist hier ein Meteorit aus dem Weltall niedergegangen. Durch den Aufprall entstand dieser Krater.«

»Und warum ist er mit Wasser gefüllt?«, fragte Lucy.

»Es ist denkbar, dass damals eine unterirdische Wasserader aufgerissen wurde. Möglicherweise ein Seitenarm von dem Fluss, dessen Lauf wir die ganze Zeit gefolgt sind.«

Dad verstummte auf einmal und zog die buschigen Augenbrauen zusammen. Das Mädchen erkannte, dass seine Gedanken ganz plötzlich abgeschweift waren. In den wenigen Tagen seit der Abreise aus Kalifornien hatte sie ihren Vater viel besser kennengelernt als in all den Jahren zuvor.

Pedro trat zu ihnen an den Kraterrand. Er sagte nichts. Aber

Lucy spürte, dass auch ihn dieses Naturpanorama beeindruckte.

Es war, als ob Dad die Gedanken seiner Tochter gelesen hätte. »Dieser Kratersee ist wirklich außergewöhnlich«, sagte er. »Wie muss er damals auf die Azteken gewirkt haben! Es ist gut vorstellbar, dass es ihn zu Zeiten des aztekischen Reiches schon gegeben hat.«

»Kann man so etwas feststellen?«, fragte Pedro.

»Selbstverständlich. Aber man muss dafür geologische Messungen und Analysen vornehmen. Das ist eine Aufgabe für Spezialisten.« Ihm kam ein weiterer Gedanke und er fügte hinzu: »Es könnte sogar sein, dass der Meteoriteneinschlag die Azteken erst auf die Idee brachte, die Stadt der Doppelschlange an diesem Ort zu errichten.«

»Du meinst, sie könnten den Meteor als ein göttliches Zeichen verstanden haben?«, rief Lucy aufgeregt.

»Genau das«, bestätigte Professor Clark schmunzelnd. »Ich merke schon, unsere Überlegungen gehen in die gleiche Richtung. Allerdings«, berichtigte er seine Tochter, »spricht man von einem *Meteoriten*, wenn man den Gesteinsbrocken meint, der auf die Erde schlägt. Unter einem *Meteor* versteht man die Lichterscheinung, die am Himmel durch die Reibungshitze entsteht, wenn so ein Klumpen aus dem All die Atmosphäre durchdringt.«

Lucy nickte. »Die Azteken hielten den Meteoriten also womöglich für ein Zeichen ihres Gottes Huitzilopochtli, in dieser Gegend ihren Schatz zu verbergen.«

»Gut und schön«, meinte Pedro. »Aber wo soll die Stadt denn sein? Oder wurde sie während der folgenden Jahrhunderte vom Dschungel vollständig überwuchert?«

»Möglich«, räumte Lucys Vater ein. »Aber es gibt noch eine andere Möglichkeit. Lasst uns den See einmal näher in Augenschein nehmen.«

Mit diesen Worten begann er, den steilen Hang hinabzuklettern. Lucy und Pedro folgten ihm. Es wurde mehr oder weniger eine Rutschpartie, aber sie kamen sicher am Rand des Sees an ...

Die drei Forschungsreisenden standen am Ufer des Sees.

»Das Wasser ist kristallklar«, stellte Lucy fest.

»Ja, hier in der Urwald-Einsamkeit gibt es kaum Umweltverschmutzung. Schaut mal, Kinder: Dort unter der Wasseroberfläche ist eine Schattierung zu erkennen. Man muss allerdings genau hinschauen. Seht ihr es?«

Das Mädchen und der Junge beugten sich vor.

»Es ist fast rechteckig!«, rief Lucy.

Ihr Vater legte Hemd, Hose und Stiefel ab und watete ins Wasser. »Ein Tauchgang dürfte hier ungefährlich sein. Der See ist schätzungsweise nirgendwo tiefer als zwei bis drei Meter.«

»Und warum nimmst du dann ein Messer mit, Dad?«

»Weil ich vielleicht ein Werkzeug brauche.«

Während er sprach, war der Forscher schon bis zur Brust ins Wasser gewatet. Dann benetzte er Kopf und Arme, füllte seine Lungen mit Luft und tauchte unter.

»Was mag da unten nur verborgen sein?«, fragte sich Pedro laut.

»Bald werden wir es wissen.« Lucy fand, dass die Gelegenheit gerade ziemlich gut war. Sie drehte sich zu Pedro um, hob ihren Moskitoschleier und legte dem Jungen die Arme um den Nacken. »Heute will ich mich bei *dir* bedanken, *Muchacho*. Ich finde es nämlich sehr, sehr lieb von dir, dass du bei mir geblieben bist.«

Lucy drückte ihre Lippen auf Pedros Mund. Der junge Mexikaner zog sie an sich und erwiderte die Zärtlichkeit.

Sie lösten sich voneinander, als Lucys Vater wieder auftauchte. Er wischte sich das Wasser aus dem Gesicht. Selbst auf die Entfernung konnte Lucy das zufriedene Grinsen auf seinem Gesicht deutlich sehen.

»Hast du etwas gefunden, Dad?«

»Und ob!«, rief er. »Ich muss aber noch mal runter, wollte nur kurz Luft holen.«

Nachdem er das getan hatte, verschwand er erneut im Wasser des Sees. Seine Worte hatten Lucy und Pedro in Hochspannung versetzt.

Und dann sahen sie etwas, was sie kaum fassen konnten, was jeder Logik zu widersprechen schien und einfach unglaublich war …

»Hey!«, rief der junge Mexikaner völlig außer sich. »Spinne ich – oder läuft das Wasser wirklich ab?«

»Du spinnst nicht«, stellte Lucy fest. Der Wasserspiegel sank tatsächlich, und zwar so schnell, dass man es mit freiem Auge erkennen konnte.

Es war ein seltsamer, ein geradezu gespenstischer, aber auch faszinierender Anblick, der Lucy den Atem stocken ließ. Mit allem hatte sie gerechnet, nur nicht damit, dass so etwas möglich war. Sie ergriff Pedros Hand und drückte sie, um sich irgendwo festhalten zu können, während das Wasser Meter für Meter sank.

Lucy hörte auch ein seltsam dumpfes Rauschen, als würde irgendwo unter ihr ein unterirdischer Wasserfall toben, und sie spürte, dass der Boden zitterte. Angst überkam sie, denn sie befürchtete, dass der Erdboden unter ihr nachgeben könnte, um den See und das umliegende Ufer zu verschlucken. Das Rauschen wurde auch noch immer lauter, wurde zu einem Grollen, und irgendwo unter ihr gluckste es laut.

Von den Felsen, die den Kratersee umgaben, lösten sich Gesteinsbrocken, polterten krachend hinab und landeten klatschend im See, in dem Professor Clark noch immer untergetaucht war. Lucys Herz krampfte sich zusammen. Sie hoffte und betete im Stillen, dass ihr Dad nicht von einem der Felsen getroffen worden oder dass ihm unter Wasser sonst was zugestoßen war.

Dann wurden die Geräusche leiser, das Zittern des Bodens hörte auf, und Professor Clark tauchte wieder aus den Fluten auf, um ans Ufer zu waten, während das Rauschen allmählich erstarb. Lucy, die erleichtert aufatmete, als sie ihren Vater sah, glaubte auch, dass der Wasserspiegel nicht mehr weiter sank.

»Hast du dafür gesorgt, dass das Wasser sinkt?«, platzte Lucy heraus.

»Ja, das war ich. Der Zugang zur Stadt der Doppelschlange befindet sich nämlich unter dem Wasser. Oder besser gesagt: Er befand sich dort.«

Der Altertumsforscher deutete auf eine massive steinerne Pforte, die auf einmal im Felsen am nördlichen Ufer des Kratersees zu sehen war. Die Pforte war in den Felsen eingelassen. Die Reliefs, die die Steinplatten schmückten, waren noch immer deutlich erkennbar; sie zeigten Götzen der Azteken.

»Das Wasser lief durch eine Art Schleuse ab«, erklärte Lucys Vater. »Die Azteken waren Meister im Anlegen von Bewässerungssystemen, und sie haben den See mit einer unterirdischen Schleuse versehen, um auf diese Weise den Zugang zur Stadt zu verbergen.«

»Warum taten sie das?«, fragte Lucy.

»Die Azteken wollten sicherstellen, dass niemand ihre Stadt betreten konnte. Die Halbinsel Yucatán gehörte eigentlich schon zum Einflussgebiet der Maya. Die Azteken unterhielten hier, in diesem Gebiet, nur Außenposten. Sie wollten gewiss nicht ihre Nachbarn dazu einladen, die Stadt anzugreifen und zu plündern – zumal wenn sich darin wirklich so viele Reichtümer verbargen.«

»Und die Stadt liegt hinter dieser Pforte?«

»Das weiß ich noch nicht mit absoluter Sicherheit, Lucy. Wir wissen mehr, wenn wir sie erst geöffnet haben!«

Während er sprach, zog er sich wieder an und schnallte sich auch seinen Rucksack wieder auf den Rücken. Dann ging die kleine Truppe um das Ufer herum, bis sie vor der Pforte zur vergessenen Stadt der Azteken standen ...

Dad und Pedro schafften es mit vereinten Kräften, einen der Torflügel der mächtigen Pforte so weit aufzudrücken, dass ein Spalt entstand, durch den sie ins Innere schlüpfen konnten.

Lucys Herz klopfte immer schneller. Jedenfalls kam es ihr so vor. Der Eingang, der zur Zeit der spanischen Eroberung geschlossen worden war, öffnete sich vor ihr.

Das war einfach unglaublich!

Modrige Luft schlug ihr aus der finsteren Öffnung entgegen.

Einen Augenblick lang starrten sie alle in die Dunkelheit des Unbekannten, das vor ihnen lag. Lucys Vater holte drei starke Stablampen aus dem Gepäck. Zwei davon verteilte er an seine Tochter und Pedro. Die dritte behielt er.

»Ich gehe vor«, bestimmte er. »Ihr kommt erst nach, wenn ich euch rufe. Habt ihr das verstanden? Nicht vorher!«

»Aber warum können wir nicht gleich mit dir gehen?«, drängte Lucy. »Ich bin so gespannt, dass ich fast platze!«

Ihr Vater schüttelte heftig den Kopf. »Auf keinen Fall, Lucy. Wir wissen nicht, wie porös das Gestein und wie instabil das Ganze ist. Es kann passieren, dass wir alle drei dort drin verschüttet werden. Und was ist dann? Wenn mir allein etwas zustößt, könnt ihr nach Villahermosa zurückkehren und Hilfe holen. Dann habe auch ich eine Überlebenschance. Aber wenn wir alle drei eingeschlossen werden, sind wir unweigerlich verloren.«

Das sahen Lucy und Pedro ein. Nachdem sie dem Professor hoch und heilig versprochen hatten zu warten, glitt Dad durch den Spalt zwischen den beiden steinernen Torhälften.

Sie vernahmen ein leises Rumpeln und Scharren, dann wieder die Schritte von Lucys Dad, die sich langsam entfernten. Die Geräusche verhallten.

Lucy bekam weiche Knie. Es war noch nicht sehr lange her, dass sie ihre Mutter verloren hatte. Sie hoffte, dass ihrem Vater nichts zustoßen würde.

Während der Expedition hatte sich das Verhältnis des Mädchens zu ihrem Vater radikal geändert. Lucy fühlte sich von ihm auf einmal ernst genommen und verstanden.

Sie schob ihre Befürchtungen und düsteren Gedanken schon fast gewaltsam beiseite.

»Lucy! Pedro! Ihr könnt jetzt kommen!«

Lucy fiel ein Stein vom Herzen. »Okay, Dad. Wir sind schon unterwegs!«

Die beiden Jugendlichen zwängten sich durch den engen Spalt. Langsam, einen Fuß vor den anderen setzend, drangen sie in den düsteren Raum ein, der hinter dem Tor lag, und leuchteten mit ihren Stablampen.

Es war eine niedrige Halle, deren Decke von steinernen Säulen getragen wurde. Wasser tropfte von der Decke. Natürlich schloss die Pforte zur vergessenen Stadt nicht fugendicht, und so war dieser Bereich stets überflutet, solange die Schleuse des Sees geschlossen war.

Die Säulen und die Wände waren mit Fresken aus der Aztekenzeit bedeckt. Zumeist stellten sie offenbar grausame Götter oder Dämonen dar. Vielleicht sollten diese grausigen Bildnisse auch Eindringlinge fernhalten. Für einen Moment musste Lucy an den Fluch denken, der auf dieser vergessenen Stadt liegen sollte. Sie selbst glaubte nicht an so etwas, aber der arme Pedro schwitzte vermutlich Blut und Wasser.

Ihre Stiefel patschten im Wasser, während sie die Halle durchschritten. Sie verjüngte sich nach hinten hin, wo sich die Wände scheinbar aufeinander zuschoben. Dort mündete ein Stollen in die Halle, in den Lucys Vater bereits verschwunden war. Auch Lucy und Pedro tauchten hinein.

Der Stollen verlief tunnelartig nach oben. Die Wände bestanden aus grob gehauenem Felsen. Die starke Lampe von Lucys Dad wies ihnen den Weg.

Am Ende des steinernen Durchgangs sahen sie wieder Tageslicht schimmern, und als sie den Stollen schließlich verlassen konnten, lag ein Talkessel vor ihnen, von hohen Steinwänden umgeben und voller Häuser, Tempel und anderer Gebäude aus der Aztekenzeit. Sie waren größtenteils unzerstört und einige stark von Dschungelpflanzen überwuchert.

Sie gesellten sich zu dem Professor, der ebenfalls in den Talkessel hinabblickte. Er stand auf einer natürlichen Plattform, einer Art Plateau. Seine Lampe hatte er ausgeschaltet. Die Sonne spendete nun, da sie den Stollen hinter sich hatten, wieder genügend Licht.

Vor ihnen lag die vergessene Stadt der Azteken ...

Lucy war sprachlos.

In dem Buch über die Azteken, das ihr Vater ihr vor dem Flug nach Mexico City gekauft hatte, hatte sie Zeichnungen gesehen, die Städte dieses Volkes zeigten. Heutzutage existierten nur noch Ruinen von wenigen Bauten und Tempeln. Die spanischen Eroberer hatten das Aztekenreich beinahe vollständig zerstört.

Die Stadt der Doppelschlange aber hatte die untergegangene Welt ihrer Erbauer überdauert. Es war keine große Stadt, aber die Gebäude waren prächtig. Lucy fragte sich, wie die Azteken das Baumaterial in dieses Tal geschafft hatten. Wie war es ihnen gelungen, diese Stadt zu errichten?

Es gab mindestens vier Straßen, die sich sternförmig von einem Platz aus erstreckten, wo sich das größte Gebäude der Stadt erhob.

»Das ist wahrscheinlich der Haupttempel«, sagte Dad. »Es ist schwer, die Ausmaße des Geländes aus dieser Entfernung abzuschätzen.«

»Wie haben die Azteken diese Stadt nur erbauen können?«, fragte Lucy. »Es ist doch völlig unmöglich, so viele Steine und anderes Material durch die kleine Passage im Kratersee zu schaffen.«

»Völlig richtig«, bestätigte ihr Dad. »Ein Rätsel, das ich oder einer meiner Kollegen irgendwann später lösen muss.«

Sie verließen die Plattform. Das war kein Problem, denn breite, wenn auch brüchige Steinstufen führten nach unten. Die Straßen der Stadt musste man eher als Gassen bezeichnen. Sie waren so schmal, dass man kaum zu dritt nebeneinandergehen konnte.

Plötzlich klapperte etwas. Außerdem waren trippelnde Schritte zu hören.

»Was war das?«, hauchte Lucy.

»Wahrscheinlich Ratten«, antwortete ihr Vater gelassen. Er hob einen faustgroßen Stein auf und lauschte. Dann pfefferte er ihn gegen eine Häuserfassade. Es gab einen lauten Knall.

Im nächsten Moment huschten Unmengen von Ratten über die Straße. Es mussten Hunderte sein. Lucy fand die Nager mit dem braunschwarzen Fell und den nackten Schwänzen ziemlich widerlich. Aber dies schien auf Gegenseitigkeit zu beruhen. Empört pfeifend suchten sie das Weite.

»Brrrrr!«, machte Lucy. »Wieso gibt es denn hier diese ekligen Tierchen? Ich dachte, die Stadt wäre von der Außenwelt hermetisch abgeschottet.«

»Ratten sind aber gute Kletterer«, sagte ihr Vater. »Für sie ist es kein Problem, diese steilen Hänge zu überwinden, von denen das Tal umgeben ist. Diese schroffen Felswände haben menschliche Besucher offensichtlich bis zum heutigen Tag draußen gehalten.«

»Ich schätze, von den Ratten haben wir nichts zu befürchten«, sagte Pedro.

»Schauen wir uns doch mal das Haus an, in dem sie sich herumgetrieben haben«, schlug der Professor vor. Nun musste er doch wieder die Stablampe einschalten, denn im Hausinneren war es düster. Fenster gab es keine.

Er leuchtete durch die offen stehende Tür in das Gebäude. Der Lichtstrahl glitt langsam über die Wände, an denen eiserne Halterungen für Fackeln angebracht waren.

Dann fiel der Lichtkegel der Stablampe auf ein halbes Dutzend menschlicher und halb zerfallener Skelette, die in einer Ecke des Gebäudes lagen, und dies offensichtlich schon seit Jahrhunderten, wie man aus dem Zustand der Knochen schließen konnte. Die leeren Augenhöhlen der Totenköpfe schienen die drei Besucher anzustarren.

Lucy hatte sich schnell wieder gefangen. Sie fürchtete sich nicht vor Skeletten. Es gab ja auch an ihrer Highschool ein echtes menschliches Knochengestell für den Biologie-Unterricht. Es wurde von den Schülern Jimmy Skull genannt und hatte schon allerlei dumme Späße über sich ergehen lassen müssen, inklusive der obligatorischen Zigarette, die man ihm zwischen die Zähne geklemmt hatte, um alle zu warnen, dass Rauchen tödlich war.

Pedro hingegen schien den Schock seines Lebens bekommen zu haben. Er stand im Dunkeln, aber Lucy konnte hören, wie seine Zähne klappernd aufeinanderschlugen.

»Wir ... wir sind verloren!«, jammerte er mit zitternder Stimme. »Diese Leute dort – sie haben die Stadt vor uns entdeckt. Und die Dämonen haben sie verschlungen!«

»Unsinn«, sagte Lucys Vater und klopfte Pedro Mut machend auf die Schulter. Dann trat er näher an die Skelette heran, wobei der Lampenstrahl auf die Knochen gerichtet blieb. »Seht euch die Waffen neben den Skeletten an, die Speere und Messer.« Tatsächlich hatten einige der Knochenmänner ihre Speere noch in den bleichen Fingern. »Die sind aztekischer Machart, und diese Skelette waren einst Krieger eines mächtigen Königs, das erkenne ich auf den ersten Blick. Es sind Azteken, die damals aus irgendeinem Grund in der Stadt geblieben sind.«

Lucys Vater drehte sich um und leuchtete mit der Stablampe.

»Das Gebäude ist groß, lang und schmal«, murmelte er. »Aber es ist leer – bis auf die Gebeine. Vielleicht hat es als Kaserne oder Versammlungsgebäude gedient.«

»Ein Tempel kann es nicht sein?«, fragte Lucy.

»Das glaube ich nicht. Du hast das prächtige Gebäude gesehen, von dem die breiteren Straßen sternförmig abgehen. Das ist der Tempel, darauf wette ich.«

Weder Lucy noch Pedro widersprachen ihm. Besonders der junge Mexikaner schien das Gebäude mit den Skeletten möglichst schnell wieder verlassen zu wollen.

Als die drei wieder draußen waren, folgten sie dem Verlauf einer der schnurgeraden Straßen. Weitere Ratten oder andere Tiere ließen sich nicht blicken. Ein leises Trippeln und Rascheln verriet allerdings, dass sie noch in der Nähe waren. Wahrscheinlich scheuten sie die ungewohnte Nähe der Menschen.

Das offenbar wichtigste Gebäude der vergessenen Stadt war riesig und pyramidenförmig gebaut. Statt der Spitze hatte es eine Plattform, die man über eine breite steinerne Treppe erreichen konnte.

Zahlreiche Fresken verzierten das Gemäuer. Auch sie zeigten schaurige Götzen und Dämonen.

»Ich würde gern auf die Plattform steigen«, sagte Lucy und deutete nach oben.

»Das können wir machen«, stimmte ihr Vater zu. »Ich will nur erst prüfen, ob diese Stufen sicher sind.«

Dad ging als Erster hoch, Lucy folgte ihm, als er ihr winkte, und den Schluss bildete Pedro.

Schließlich gelangten sie auf die Plattform. Den Mittelpunkt der kleinen quadratischen Fläche bildete ein Steinblock. Und direkt daneben lagen einige Totenschädel, teils halb zerfallen, und ein verrosteter Dolch.

»Wir haben es mit einem Opferplatz zu tun«, erklärte Dad. »Die Azteken glaubten, dass sie ihre Götter mit Menschenopfern gnädig stimmen könnten.«

»Das hat ihnen wohl nichts genützt«, bemerkte Lucy trocken. »Sonst wären sie wohl nicht von den Spaniern überrannt worden.«

»Seht nur!« Pedros angstvoller Schrei zog die Aufmerksamkeit von Vater und Tochter auf sich. »Dort hinten! Da war ein Lichtreflex!«

Dad und Lucy drehten sich um.

»Wo?«, wollte der Forscher wissen.

Pedro deutete mit dem Arm auf die Häuser, die im östlichen Teil der Stadt lagen. »Ich habe es ganz deutlich gesehen, *Señor*! Jetzt ist es wieder verschwunden. Die Sonne hat auf Metall reflektiert. Dieser Platz ist wirklich verhext, *Señor*. Diese vielen Toten und … Können wir nicht wieder weg hier? Es kommt mir vor, als wäre ich in einem riesigen Grab!«

Dad spürte wahrscheinlich, dass Pedro gleich die Nerven verlieren würde. Beruhigend legte er dem Jungen den Arm um die Schultern. »Sicher, wir gehen gleich wieder durch den Stollen zurück. Für mich ist wichtig, dass wir die vergessene Stadt überhaupt gefunden haben. Jetzt kann in aller Ruhe die Forschungsarbeit beginnen. Ich möchte nur noch kurz einen Blick in das Tempelinnere werfen. Für den Lichtreflex gibt es übrigens eine ganz natürliche Erklärung. Denk nur daran, wie viel Gold und andere Metalle hier vermutlich herumliegen.«

Der Abstieg ging nur langsam vonstatten, weil die Stufen sehr steil waren. Lucy ertappte sich dabei, dass sie aus den Augenwinkeln immer wieder Ausschau hielt nach dem Lichtreflex, den Pedro gesehen haben wollte. Das Mädchen fand die Erklärung ihres Vaters nicht sehr einleuchtend. Der Dolch war beispielsweise total verrostet gewesen. Überall auf den Gebäuden wuchsen Moose und Gräser. Wie sollten Sonnenstrahlen auf bemoostem Gold reflektieren?

Das Mädchen nahm sich jedenfalls vor, die Augen offen zu halten.

Als sie die Treppe hinter sich hatten, leuchteten alle drei mit ihren Stablampen in das Innere des Gebäudes. Auch der Tempel verfügte nämlich über keinerlei Fenster. Und das durch die breite Türöffnung hineinströmende Tageslicht erhellte nur einen Teilbereich. Sie erblickten eine große Statue, die offenbar die Doppelschlange darstellen sollte. Die beiden Köpfe des Fantasietieres wirkten grausam.

»Schnallt die Rucksäcke ab!«, sagte Professor Clark. »Wir lassen das Gepäck hier draußen vor dem Tempel, dann können wir uns in dem Gebäude freier bewegen.«

Sie taten es, legten die Rucksäcke ab und folgten Professor Clark in den Tempel.

Auf einmal glaubte Lucy, links von sich etwas blinken zu sehen. Neugierig leuchtete sie in die Richtung.

Da war ein Ring. Oder täuschte sie sich?

Neugierig trat Lucy näher.

»Hast du was entdeckt?«

Pedro folgte ihr. Da merkte Lucy, wie die Steinplatten unter ihren Stiefeln nachgaben. Zu spät sprang sie zurück. Pedro wollte sie halten. Aber auch unter ihm brach der Boden weg.

Die beiden Jugendlichen stürzten in die Tiefe.

Lucys Dad wirbelte herum. Er lief zurück, leuchtete vor sich auf den Boden. An dieser Stelle waren die schweren Steinquader durch dünne Platten ersetzt worden. Eine Menschenfalle, die seine Tochter und den mexikanischen Jungen verschlungen hatte.

Der Forscher kniete sich hin. Er leuchtete in einen abschüssigen dunklen Schacht. Keine Spur mehr von den beiden Jugendlichen.

»Lucy? Pedro? Hört ihr mich?«

Keine Antwort. Lucys Vater wiederholte seinen Ruf, diesmal lauter. Wieder meldete sich keiner der beiden. Stattdessen ertönte eine höhnische Stimme hinter ihm.

»Immer mit der Ruhe, Professor Clark. Wir sind anscheinend genau im richtigen Moment gekommen, um Ihnen zu helfen.«

Lucys Dad drehte sich erschrocken um. Hinter ihm stand ein Mann, dessen Auftreten seine Worte Lügen strafte.

Denn dieser Mann hatte eine Pistole auf den Wissenschaftler gerichtet.

Und er war nicht allein.

Professor Clark presste die Zähne aufeinander, dass es knirschte. In diesem Moment interessierte ihn nur das Schicksal seiner Tochter und sonst nichts auf der Welt. Die sensationelle Entdeckung der versunkenen Aztekenstadt, der Schatz, der irgendwo in diesem Talkessel versteckt war, sogar diese kriminellen Gestalten mit ihren Schusswaffen in den Händen kümmerten ihn nicht. Stattdessen beugte er sich so weit wie möglich über den offenen Schacht und leuchtete hinein.

»Lucy! Pedro! Seid ihr verletzt?!«

Der Mann mit der Pistole trat näher. Er gab zweien seiner Leute ein Zeichen. Diese beiden Männer – starke, grobschlächtige Kerle – packten Lucys Vater an den Schultern.

»Was soll das? Loslassen!«, fauchte der Wissenschaftler.

»Immer mit der Ruhe, Professor Clark.« Nun erklang wieder diese höhnische Stimme. »Arnold und Gunner wollen Ihnen nichts tun. Im Gegenteil. Meine Männer halten Sie nur fest, damit Sie nicht auch noch in diesen tiefen Schacht stürzen.«

Lucys Vater schaute dem Mann ins Gesicht.

»Wenn Sie mir wirklich helfen wollen, dann seilen Sie mich ab! Ein genügend langes Seil habe ich dabei. Und Sie haben ja offenbar genug Leute, um mich und die Kinder wieder hochzuziehen.«

Der Altertumsforscher hatte bemerkt, dass mindestens sieben Männer in den Tempel gekommen waren: der Sprecher mit der Schusswaffe und diese Kerle namens Arnold und Gunner und außerdem noch vier Mexikaner, die alle nicht besonders vertrauenerweckend wirkten.

Professor Clark kniff die Augen zu schmalen Schlitzen zusammen. »Moment mal – kenne ich Sie nicht? Sie kommen mir bekannt vor! Ein ehemaliger Kollege, nicht wahr? Sie sind doch ...«

»Namen tun hier nichts zur Sache!«, kam die schnelle Antwort. »Sie können mich Doc Bones nennen. Knochen gibt es in dieser Totenstadt ja genug, wie ich feststellen konnte. Aber meine Mitarbeiter und ich sind eher an dem Gold interessiert.«

»Das Gold kümmert mich nicht!«, blaffte Lucys Vater. »Meine Tochter liegt irgendwo dort unten, wahrscheinlich verletzt! Außerdem noch ein weiterer Jugendlicher. Wir müssen ...«

»Wir müssen gar nichts«, sagte Doc Bones kalt und mitleidlos. »Sorry, Professor. Sie verschwenden nur Ihre und – schlimmer noch – meine Zeit. Einen Sturz in eine solche Tiefe kann Ihre Tochter nicht überlebt haben. Ich sehe daher keinen Grund für eine Suchaktion.«

»Es ist aber möglich, dass Lucy und Pedro noch leben!«

»Ich sagte nein, Professor. Und ich mag es überhaupt nicht, wenn man mir widerspricht. Da kann ich ganz fürchterlich böse werden. Stimmt's, Boys?«

Arnold und Gunner verzogen ihre Gesichter und grienten breit und mitleidlos. Sie konnten nur allzu gut bestätigen, wie sauer ihr Boss werden konnte.

Professor Clark erwiderte nichts. Die beiden Muskelmänner hielten ihn immer noch in festem Griff.

»Wollen Sie mir nun bei der Bergung des Goldschatzes helfen, Professor?«, fragte Bones lauernd.

»Wenn Sie der sind, für den ich Sie halte, Doc Bones, dann können Sie das sehr gut ohne mich schaffen.«

»Gewiss, das könnte ich. Aber Sie verfügen vielleicht über mehr Informationen als ich, Professor. Lassen Sie uns einen Deal machen. Sie finden für mich den Schatz der Azteken, und ich stelle Ihnen danach meine Leute zur Verfügung, um nach Ihrer Tochter zu suchen.«

»Nein!«, schleuderte Professor Clark dem Doc entgegen. »Zuerst suchen wir meine Tochter und dann bergen wir den Schatz!«

Doc Bones lachte höhnisch auf. »Mein lieber Professor, ich schätze, Sie sind kaum in der Lage, irgendwelche Bedingungen zu stellen. Wir machen es so, wie ich es gesagt habe. Erst das Gold, dann die Gören! Ich gebe Ihnen mein Wort.«

Der Verbrecherboss hatte zwar keineswegs vor, sein Versprechen zu halten. Aber das würde dieser ehrenwerte Professor erst merken, wenn sich das Gold in Doc Bones' Taschen befand ...

»Also gut. Dann lassen Sie uns das Gold suchen, damit wir endlich mit der Rettungsaktion beginnen können«, sagte Lucys Dad.

Er hoffte sehr, dass seine Tochter bis dahin durchhalten würde. Denn sie lebte noch, das spürte er ganz tief in seinem Inneren ...

Lucy schlug die Augen auf. Nahezu jeder Knochen in ihrem Körper schmerzte. Sie war ohnmächtig gewesen. Aber wie lange, das konnte Lucy unmöglich sagen.

Um sie herum war es stockdunkel. Sie selbst hatte den Sturz zum Glück heil überstanden, ihre Stablampe aber nicht.

»Pedro?«, flüsterte sie. Unwillkürlich sprach Lucy nur mit Flüsterstimme. Und dafür gab es einen guten Grund. Irgendwo, weit über ihr, hörte sie die Stimme ihres Vaters. Aber da waren noch andere Männer. Dad stritt sich mit ihnen.

Lucy beschloss, einstweilen lieber auf Tauchstation zu gehen. Sie wollte erst herausfinden, was es mit diesen Fremden auf sich hatte. Denn Fremde mussten es sein. Alfonso und seine Cousins waren ja alle nach Villahermosa zurückgekehrt ...

»Pedro?«, wisperte sie noch einmal. Lucy tastete in der Finsternis ihre Umgebung ab. Sie fühlte Glasscherben und kaltes Metall. Ihre Hand umschloss die Stablampe. Aber sie war wertlos, funktionierte nicht mehr.

Da kam dem Mädchen eine Idee. In einer Tasche ihres Gürtels hatte sie noch eine Ersatzlampe, eine kleine Stablampe. Lucy tastete dorthin, holte die Leuchte heraus, schaltete sie ein. Sie funktionierte noch!

Lucy leuchtete, um sich zu orientieren. Sie befand sich in einer Höhle, in die sie über eine Art Rampe gelangt war. Die Höhle schien natürlichen Ursprungs zu sein, nur die Rampe war von den Azteken hier errichtet worden. Lucy erinnerte sich an ihren Sturz und die anschließende wilde Rutschpartie. Zuerst war es absolut senkrecht nach unten gegangen, aber der Schacht, durch den sie gestürzt war, hatte sich in eine Rampe verwandelt, die ihren Sturz abmilderte und über die sie und Pedro weiter nach unten gerutscht waren.

Bis in diese Höhle. Die Decke war ziemlich niedrig. Man konnte nicht aufrecht stehen.

Lucy wunderte sich, dass sie noch lebte. Die Falle, durch die sie gestürzt war, war sicherlich für Eindringlinge und Feinde gedacht. Hatten die Azteken diese nicht töten, sondern nur gefangen nehmen wollen?

Aber dann kam ihr ein schauriger Gedanke. Vielleicht hatte diese Höhle vor vielen Jahrhunderten auch unter Wasser gestanden, sodass ein Eindringling, der in die Falle getappt wäre, elendiglich ertrunken wäre. Oder man hatte hier wilde Tiere gehalten, die einen Eindringling in Stücke gerissen hätten. Lucy wusste es nicht, aber die Vorstellung allein war schon gruselig genug.

Lucy leuchtete ihre Umgebung mit der Lampe ab und entdeckte Pedro einige Meter von sich entfernt. Sie kroch zu ihm hin, richtete den Lampenstrahl auf sein Gesicht. Die Augenlider zuckten. Gleich darauf erwachte er.

»*Qué* ...?!«

Der Mexikaner wollte etwas in seiner Muttersprache sagen,

aber Lucy legte ihre Hand auf seinen Mund und hielt gleich darauf den erhobenen Zeigefinger vor ihre eigenen Lippen.

»Da sind fremde Männer bei meinem Vater«, flüsterte sie. »Und ich glaube, dass sie nichts Gutes im Schilde führen. Wenn du nicht ernsthaft verletzt bist, sollten wir uns hier verdrücken und der Sache auf den Grund gehen.«

»Mir fehlt nichts«, sagte Pedro. »Ich bin zwar mit dem Kopf irgendwo angestoßen. Aber ich habe einen harten Schädel. Das liegt bei uns in der Familie.«

Wie sich herausstellte, war auch Pedros Taschenlampe hinüber. Sie mussten also auf jeden Fall zusammenbleiben, wenn sie einander nicht verlieren wollten.

Geduckt schlichen und krochen die beiden Jugendlichen durch die Höhle. Mehrere Abzweigungen und Gänge bildeten ein wahres Labyrinth. An einer Stelle schlug Lucy den falschen Weg ein. Sie klemmte plötzlich zwischen einigen vorspringenden Felsen fest.

Pedro fluchte und wollte sie herausziehen.

»Hör auf, du verrenkst mir die Glieder«, beschwerte sie sich. »Ich komme hier schon raus. Dafür brauche ich nur einen Augenblick.«

Der junge Mexikaner ließ von ihr ab und Lucy begann sich mit kreisenden Bewegungen zu drehen. Sie musste ihre Gelenke ziemlich weit dehnen.

Wie eine Riesenschlange glitt Lucy aus der scheinbar unentrinnbaren Falle.

»Toll, wie du das hingekriegt hast«, staunte Pedro.

»Durch mein Judo-Training bin ich ziemlich gelenkig geworden. Außerdem muss man ruhig bleiben, auch wenn es schwer fällt. Wenn man in Panik gerät, kommt man aus einer solchen Falle nicht mehr raus.«

Dieser kleine Erfolg gab beiden ziemlich viel Auftrieb. Sie gingen zwar noch einige Male fehl, aber dann fanden sie doch einen Ausgang. Er bestand aus einem natürlichen Spalt. Dahinter befand sich eine von den Azteken angelegte Treppe.

Und unter dieser Treppe entdeckten sie etwas.

»Der Schatz?«, wisperte Pedro aufgeregt.

»Der Schatz wird wohl kaum nur aus einigen goldenen Masken bestehen«, sagte Lucy und hielt sich eine davon vors Gesicht. »Hier, was hältst du davon?«

Der Mexikaner starrte fasziniert auf die Maske. Sie war aus Gold und stellte einen furchterregenden Schlangenkopf dar.

Lucy ließ die Maske wieder sinken. »Ich habe gelesen, dass die Azteken für ihre Opferzeremonien Masken verwendet haben. Vielleicht war diese Treppenkammer sozusagen die Umkleidekabine der Priester.« Dann entschied sie: »Wir nehmen die Masken mit und zeigen sie meinem Dad.«

Sie stiegen die Treppe hoch. Und diese führte wieder zurück in den Tempel.

Von Weitem konnten sie die fremden Männer hören und näherten sich ihnen durch die staubigen, dunklen Gänge des Tempels.

Dabei stießen sie auf das Gepäck der Fremden – Rucksäcke, auf die Schlafsäcke und Decken geschnallt waren. Die Männer hatten sie hier abgelegt.

Diese befanden sich aber noch etwas entfernt, in einem größeren Raum. Lucy und Pedro schlichen dorthin und Lucy duckte sich hinter eine Mauerecke und glitt zu Boden.

»Was soll das?«, flüsterte Pedro.

»Ich will mich anschleichen«, erklärte Lucy mit ebenso leiser Stimme. »Wir müssen nur vorsichtig sein.«

»Woher bist du dir so sicher, dass die Männer Böses planen, Lucy?«

»Ich bin mir nicht sicher, Pedro. Aber falls sie harmlos sind, können wir uns immer noch zu erkennen geben.«

Das fand der junge Mexikaner logisch. Er war so froh darüber, den Sturz in die Tiefe halbwegs glücklich überstanden zu haben, dass er völlig vergaß, vor den Dämonen Angst zu haben.

Die beiden Jugendlichen krochen näher. Weil die Männer so viel Lärm verursachten, mussten sie nicht besonders leise sein.

Schon bald waren sie bis auf Hörweite heran ...

Soeben hatten die Männer mit Hilfe von Brechstangen eine schwere Bodenplatte zur Seite gewuchtet. Drei der Mexikaner begannen nun, mit Schaufeln zu graben. Aber unter der Bodenplatte war nur wenig loses Erdreich und bald stießen die Schaufeln auf härtere Bodenschichten.

»Nichts!«, stieß Doc Bones anklagend hervor.

»Es war auch nur eine Vermutung, dass der Schatz hier versteckt ist, Bones«, erklärte Lucys Dad. »Ich habe nämlich keine Schatzkarte oder etwas in der Art, falls Sie das vermuten. Aber hier war der Priesterbereich und daher ...«

»Schon gut, schon gut«, fauchte der Gangsterboss. »Wir verschieben die Geschichtslektion auf später. Ich will den Schatz, und zwar möglichst bald. Sie sollten sich besser anstrengen. Sonst fangen Sie sich eine Kugel, Professor!«

»Durch Drohungen bekommen Sie Ihr Gold auch nicht schneller, Doc Bones! Lassen Sie uns gemeinsam nachdenken. Wir sind hier im Tempel. Und der war nun einmal das Zentrum einer jeden Aztekenstadt ...«

Lucy hatte einstweilen genug gehört. Sie zupfte Pedro am Ärmel. Die beiden Jugendlichen schlichen zurück. Als sie absolut sicher waren, außer Hörweite zu sein, hielt Lucy es nicht länger aus.

»Pedro, das sind Gangster! Sie wollen meinen Vater zwingen, den Goldschatz für sie zu finden. Und wenn er nicht gehorcht, dann tun sie ihm sonst was an!«

»Das ist mir klar, Lucy. Aber was sollen wir machen? Das sind mindestens sechs oder sieben Leute. Erwachsene Männer. Und außerdem auch noch bewaffnet. Gegen die haben wir keine Chance. Und bis wir die Polizei aus Villahermosa hierher gebracht haben ...«

»Schon klar, Pedro. So lange können wir nicht warten. Und mit Gewalt richten wir beide ebenfalls nichts gegen die Bande aus.«

»Es ist also hoffnungslos.« Pedro seufzte.

»Habe ich das gesagt?« Lucy grinste. »Mir ist gerade ein ziemlich genialer Einfall gekommen.«

DIE RACHE DES DÄMONS

Doc Bones versuchte erst gar nicht, seine Ungeduld zu verbergen. Immer wieder starrte er auf seine Armbanduhr. Eigentlich hätte der Gangsterboss zufrieden sein können. Bisher verlief alles nach seinen Vorstellungen.

Die versunkene Stadt war entdeckt. Die Suche nach dem Schatz der Azteken befand sich in vollem Gang. Von seinen Gegnern hatte Doc Bones nichts mehr zu befürchten. Der Professor war ihm einstweilen noch zu Diensten. Und seine Leute hatten die Flucht ergriffen. Abgesehen von den beiden Kids, die wahrscheinlich zu Tode gestürzt waren. Das Schicksal von Lucy und Pedro kümmerte den Verbrecher herzlich wenig. Er hatte auch nicht ernsthaft vor, nach ihnen suchen zu lassen. Aber das band er Lucys Dad natürlich nicht auf die Nase ...

Was Doc Bones wirklich Sorgen bereitete, war die Stimmung unter seinen Gefolgsleuten. Sie wurden immer unruhiger und furchtsamer, je länger die Suche nach dem unermesslichen Reichtum andauerte. Von den mexikanischen Ganoven hatte der Gangsterboss nichts anderes erwartet. Sie waren am Rand des Dschungels aufgewachsen und kannten gewiss mehr als genug Schauermärchen über dessen Dämonen. Aber auch Doc Bones' Leibwächter Arnold und Gunner zeigten Nervosität. Ihre Blicke irrten durch den großen Tempelraum.

Doc Bones biss sich auf die Lippen. Am liebsten hätte er Professor Clark erneut zur Eile angetrieben. Doch das war sinnlos. Dem Verbrecher war klar, dass sein Gegenspieler bereits so zügig wie möglich vorging. Aber Ausgrabungsarbeiten konnte man nun einmal nicht mit der Stoppuhr voranbringen. Doc Bones hatte selbst lange genug in dem Job gearbeitet, um das zu wissen.

Der Verbrecherboss bildete sich ein, das Gold förmlich riechen zu können. Es musste irgendwo in nächster Nähe verborgen sein. Zum Glück war die Stadt der Doppelschlange nicht allzu groß. Doc Bones würde notfalls jeden einzelnen Stein umdrehen, um den Schatz zu finden. Er war wild entschlossen.

Seine Leute waren beschäftigt – sie nahmen gerade auf Anweisung von Professor Clark hin eine Art Schrein auseinander, gingen dabei mit Brechstangen, Keilen und Hämmern zu Werk.

Da ertönte plötzlich ein anderer Laut.

Ein Jaulen, Wimmern und Kreischen.

»Was ...? Wer heult da so schrecklich?«, stieß Arnold hervor. Genau wie sein Boss hatte auch er eine Pistole in der Hand.

Der Muskelmann ließ seinen Blick durch den Tempelraum schweifen. Nervös trat er von einem Fuß auf den anderen. In dem Sakralbau selbst war die Beleuchtung recht gut, denn die Verbrecher hatten einige tragbare Lampen mitgebracht. So wurden auch die Winkel des Tempels ausgeleuchtet, in die das Sonnenlicht nicht vordringen konnte.

»Die Geister klagen uns an!«, rief einer der mexikanischen Ganoven auf Spanisch. »Sie wollen unsere Seelen!«

Die Männer, die mit dem Schrein beschäftigt waren, hielten in der Arbeit inne. Dadurch war das unheimliche Heulen und Klagen noch deutlicher zu hören.

Arnold wurde immer nervöser. Den Arm mit der Waffe hielt er ausgestreckt und schwenkte ihn hin und her.

Das Schreien und Jaulen wurde lauter. Es klang, als würden Hunderte von gequälten Seelen im Höllenfeuer schreien vor Pein. Doc Bones hätte sich am liebsten die Ohren zugehalten, aber er musste seinen Männern ein gutes Beispiel geben. Die Kerle verloren langsam die Nerven.

Und dann hörte das Jammern schlagartig auf.

»Na also!« Doc Bones lachte hysterisch auf. »Die Show ist vorbei, dann können wir ja endlich wieder ...«

Der Gangsterboss unterbrach sich. Die Show war noch nicht vorbei. Einer der Mexikaner schrie auf. Etwas rollte draußen vor den Eingang des Tempelraums. Arnold schoss sofort. Doch seine Kugel ging fehl. Gleich darauf sahen alle, was dort vor den Eingang gekullert war.

Es war ein Totenkopf!

Bevor sich die Verbrecher von dem Schock erholt hatten, rollten noch zwei weitere Schädel durch den Eingang in den Tempelraum.

Längst hatten die mexikanischen Ganoven ihre Werkzeuge fallen gelassen. Sie drängten sich zusammen wie eine verängstigte Schafherde. Auch Arnold und Gunner stand die Panik ins

Gesicht geschrieben. Nur Doc Bones und Lucys Dad waren davon ausgenommen. Während der Verbrecherboss unglaublich wütend wirkte, hatte das Gesicht von Professor Clark einen verblüfften Ausdruck angenommen.

Auf einmal hallte eine düstere, hohl klingende Stimme in den Tempelraum: »Elende! Verflucht sollt ihr sein! Ihr habt meinen Tempel entweiht!«

Diese Worte trafen die Gangster wie Keulenschläge.

»Seht nur!« Mit zitterndem Zeigefinger deutete Gunner auf eine Gestalt, die auf einmal im Eingang zum Tempelraum auftauchte. Sie war riesig, gut drei Meter groß, und hatte zwei Schlangenköpfe. Beide glitzerten golden und saßen auf einem grünen Schlangenkörper.

Die Doppelschlange erschien höchstpersönlich, um die Frevler zu vernichten!

»Fallt doch nicht auf diese Maskerade herein!«, rief Doc Bones, doch er musste sich selbst gegenüber insgeheim eingestehen, dass die Doppelschlange eine unheimliche Ähnlichkeit mit den Sagengestalten der Azteken hatte.

»Jetzt komme ich über euch, ihr Frevler!«

Diese Ankündigung des Dämons raubte den Verbrechern den letzten Nerv. Für sie stand fest, dass man dieses Wesen nicht mit normalen Waffen besiegen konnte. Also blieb nur noch eine Möglichkeit – die Flucht.

Keiner achtete mehr auf die zornigen Befehle von Doc Bones.

Die mexikanischen Banditen und auch seine eigenen Leute Arnold und Gunner nahmen die Beine in die Hand. Sie stürmten durch einen weiteren Ausgang des Tempelraums davon. Dabei hatten sie die Köpfe ängstlich zwischen die Schultern gezogen.

Sie rannten ziel- und planlos hinein in das Tempellabyrinth!

Nur noch Doc Bones und Professor Clark befanden sich im Tempelraum. Der Verbrecherboss kochte vor Wut. Er war nun allein. Alle seine Leute waren ihm fortgelaufen.

Doc Bones richtete seine Waffe auf Lucys Vater.

»Sehr schön, dein Trick, du kleine Kröte! Aber jetzt ist Schluss mit der Spielerei. Komm sofort hervor. Oder dein lieber Daddy muss für deinen Mummenschanz zahlen!«

Einen Augenblick lang geschah überhaupt nichts. Der Verbrecher öffnete schon den Mund, um eine weitere Drohung auszustoßen. Da klirrte plötzlich einer der beiden Schlangenköpfe zu Boden. Auch der grüne Reptilienkörper erschlaffte. Anscheinend bestand er nur aus mehreren Decken.

Und das war tatsächlich so. Lucy und Pedro waren ja auf die Rucksäcke und das Gepäck der Gangsterbande gestoßen, das die Männer draußen im Gang abgelegt hatten. Sie hatten sich zwei der Decken geschnappt, denn Lucy war die Idee gekommen, die Verbrecher mit ihren eigenen Tricks zu schlagen!

Die waren als Gespenster verkleidet im Lager ihrer Expedition aufgetaucht, um Angst und Schrecken zu verbreiten, und auch das Echsenungeheuer, auf das ihr Vater geschossen hatte, war mit Sicherheit nur eine Verkleidung dieser miesen Typen gewesen. Nun würde Lucy es den Halunken mit gleicher Münze heimzahlen!

Pedro und sie hatten sich je eine Decke über den Kopf gezogen, und damit der »Dämon« auch übergroß wirkte, hatte sich Lucy daraufhin auf Pedros Schultern gesetzt. Dann hatte Lucy beide Goldmasken in die Hände genommen und die Arme weit hochgehoben. Dadurch wirkte der »Dämon« übergroß, an die drei Meter.

Pedro hatte seine Stimme verstellt, als er seine finstere Drohung gegen die Verbrecher ausgestoßen hatte, und durch den Stoff der Decke und in dem hallenden Gewölbe hatte seine Stimme noch hohler und unheimlicher geklungen.

Nun ließen sie die Verkleidung fallen und Lucy sprang von der Schulter ihres mexikanischen Freundes.

»Lucy!«, rief ihr Vater erleichtert.

»Ich würde Ihnen ja zu Ihrer tüchtigen Tochter gratulieren, Clark«, knurrte Doc Bones säuerlich. »Aber sie hat meine Pläne komplett zunichte gemacht. Und dafür muss jetzt jemand büßen!«

Er hielt seine Waffe immer noch auf Lucys Dad gerichtet.

Das Mädchen ging auf die beiden Männer zu. Ihr Gesicht war bleich. Aber ihre Stimme verriet keine Furcht, als sie sagte: »Ich weiß nicht, wer Sie sind, Mister. Aber ich schätze, Sie sind auf das Gold scharf. Oder?«

»Ich bin Doc Bones, kleine Kröte. Ja, du hast es kapiert. Mir kommt es auf das Gold an. Wir haben schon mit der Suche begonnen und ...«

»Hier können Sie lange suchen«, sagte Lucy lässig. »Ich habe das Gold zufällig entdeckt, als wir in einen Schacht gestürzt sind.«

»Wirklich?« In den Augen des Gangsters leuchtete die Gier.

»Ganz gewiss. Ich führe Sie dorthin. Aber nur, wenn Sie sofort die Pistole runternehmen.«

Das Lächeln saß wie festgefroren auf Doc Bones' Lippen und er senkte die Pistole um keinen Millimeter. Die Mündung wies genau auf Lucys Brust. »Wo ist der Schatz, Kleines? Na los, raus mit der Sprache!«

»Wie gesagt«, antwortete Lucy, »ich bringe Sie hin.«

Doc Bones schüttelte den Kopf, noch immer überheblich grinsend. »Es reicht, wenn du mir den Weg beschreibst, kleine Kröte!«

»Das kann ich nicht«, behauptete Lucy prompt, und es klang so überzeugend, dass sie sich über ihr schauspielerisches Talent selbst wunderte. »Die Gänge in diesem Tempel sind wie ein Labyrinth. Sie könnten sich verirren und würden den Schatz niemals finden. Aber ich finde den Weg!«

Das überhebliche Grinsen verschwand aus Doc Bones' Gesicht. Er starrte Lucy an, musterte sie mit kalten Blicken und schien zu überlegen. Dann hatte er offenbar eine Entscheidung gefällt, wedelte mit der Pistole und befahl: »Gut, dann geh voran! Aber ein Trick und du fängst dir eine Kugel!«

Der Gangster sah sein mieses Spiel noch nicht verloren. Wenn das Mädchen ihm das Schatzversteck gezeigt hatte, würde er sie töten, außerdem ihren Vater und diesen mexikanischen Bengel. Dann war er, Doc Bones, der Einzige, der von diesem Schatz wusste.

Eine neue Transportmannschaft konnte er sich jederzeit zusammenstellen. Es gab in diesem Land genug arme Schlucker, die für ein paar Dollars alles machten und keine Fragen stellten.

Lucy verließ den Tempelraum. Doc Bones ging drei Schritte hinter ihr. Seine Waffe hielt er zwar noch gesenkt, doch sie war weiterhin entsichert und jederzeit zum Schuss bereit.

Dad und Pedro wollten folgen. Aber Bones sagte: »Nein. Nur die Kleine und ich. Und wenn ihr Dummheiten macht, seht ihr die Göre nie wieder.« Der Wissenschaftler protestierte. Aber Doc Bones unterbrach ihn mit den Worten: »Ich habe die Pistole, also bestimme ich, was gemacht wird, Clark!«

Widerwillig blieben Dad und Lucys mexikanischer Freund im Tempelraum zurück.

»Haben auch Sie eine Taschenlampe, Doc Bones?«

»Natürlich, kleine Kröte. Ich glaube, du bist pfiffiger als dein Vater. Der große Wissenschaftler konnte den Schatz nicht finden.«

»Kein Wunder«, bemerkte Lucy trocken. »Er befindet sich ja auch nicht hier oben, sondern tiefer. In dieser Zisterne oder wie das heißt.«

»Eine Zisterne voller Gold?« Der Verbrecher lachte meckernd »Habt ihr dort auch diese Masken gefunden?«

»Ja, haben wir.«

»Aber dieses Heulen und Jammern«, sagte Bones und grinste, »das kam mir doch sehr bekannt vor.«

Lucy nickte. »Wir haben das Gepäck Ihrer Männer gefunden. Daher hatten wir auch die Decken. Und in einem der Rucksäcke fand ich auch das Tonbandgerät mit den leistungsfähigen Lautsprechern. Damit haben Sie unsere Expeditionsteilnehmer erschreckt, nicht wahr?«

»So ist es«, bestätigte ihr Bones. »War ein Heidenspaß. Wie fandst du das Godzilla-Monster? Meiner Meinung nach war es das Beste, zehnmal besser als die Gespenster!«

»Woher haben Sie die Verkleidung?«, wollte Lucy wissen.

Bones winkte ab. »Das geht dich nichts an, Kleines. Aber gewirkt hat es. Zum Schluss sind alle weggerannt und haben dich und deinen Dad im Stich gelassen – bis auf deinen süßen Freund.«

»Lassen Sie Pedro aus dem Spiel!«, sagte Lucy mit scharfer Stimme. Sie merkte, wie sie trotz der angespannten Lage rot wurde.

Während des Wortwechsels hatte Lucy ihn die Treppe hinuntergeführt, hinein in das Felslabyrinth. Das Mädchen war völlig konzentriert. Wenn ihr Plan aufgehen sollte, musste sie die Stelle, auf die es ankam, wiederfinden.

Immer tiefer führte sie Doc Bones durch die Stollen und niedrigen Höhlen. Sowohl sie als auch der Verbrecher hinter ihr leuchteten mit ihren Lampen.

Lucy gelangte an die Stelle, wo sie sich kurze Zeit zuvor versehentlich eingeklemmt hatte. Diesmal musste sie sich durch die Felsen winden, als wäre es ein Kinderspiel.

Und dank ihrer Geschmeidigkeit bekam sie das auch hin. Dazu gratulierte sie sich selbst, denn fast hätte sie nicht damit gerechnet.

Sie konnte nur noch hoffen, dass Doc Bones nicht so gelenkig war ...

»Verflucht, ist das eng!«, keuchte der Verbrecher. »Ich bin doch gar nicht so dick!«

»Sie müssen weiter vorwärts«, behauptete Lucy. »Wenn Sie zurückbleiben, kommen Sie nie zu Ihrem Gold.«

Das Ächzen und Keuchen des Mannes bewies Lucy, dass ihr Plan aufging.

»Ich hänge fest! Zieh mich hier raus!«

»Warum sollte ich das tun?«, entgegnete Lucy frech. »Sie sind nicht sehr nett zu uns gewesen.«

»Du miese Kröte!« Doc Bones' Stimme überschlug sich, so hasserfüllt schrie er sie an. »Ich bin total eingeklemmt. Hilf mir hier raus, oder ...«

Er feuerte seine Pistole ab. Der Knall drohte Lucy das Trommelfell zu zerfetzen.

Aber er hatte nicht auf sie geschossen, nur einen Warnschuss abgegeben.

Auch der war umsonst, denn Lucy verschwand blitzschnell in einen anderen Stollen. Seine Kugeln würden sie nicht mehr erreichen.

Wutschnaubend ballerte der Verbrecher weiter, bis seine Waffe nur noch klickte. Er hatte das Magazin leer geschossen.

»Ich schätze, Sie haben keine Munition mehr!«, rief Lucy über die Schulter zurück. »Ich gehe dann mal Hilfe holen. Wir wollen doch nicht, dass man eines Tages nur noch Ihr Skelett hier findet, nicht wahr?«

Lucy hoffte, dass sie den Mund nicht zu voll genommen hatte. Der Rückweg war ihr ja nun durch Doc Bones versperrt.

Sie musste einen anderen Weg nach oben finden.

Aber welchen? Schon bald hatte sie sich in dem Höhlenlabyrinth hoffnungslos verirrt.

Panik stieg in ihr auf, Tränen rannen ihr über die Wagen, während sie auf allen vieren durch einen schmalen Stollen weiter vorankroch und das Gefühl hatte, die steinerne Höhlendecke würde sich immer tiefer herabsenken, um sie zu zerquetschen.

Ihre Hoffnung sank von Sekunde zu Sekunde ...

Irgendwann stieß sie auf einen Schacht, der senkrecht in die Höhe ragte. Weit über ihr musste sich einer der Räume des Tempelgebäudes befinden.

Aber die Felswände des Schachts waren zu steil und zu glatt, um hinaufklettern zu können. Sie versuchte es vergeblich. Auch diese Hoffnung zerbrach.

Aber dann kam ihr ein anderer Gedanke. Vielleicht würden ihr Vater und Pedro sie hören, wenn sie nach ihnen rief.

»Dad?«, brüllte sie aus Leibeskräften. »Pedro? Seid ihr dort oben irgendwo?«

Sie rief immer wieder und betete, dass ihr Vater oder Pedro sie hörten, während ihr wieder Tränen übers Gesicht liefen. Ihre Rufe verwandelten sich immer mehr in verzweifelte schrille Schreie.

Da geschah es! Zu ihrer größten Erleichterung antwortete Dad und schließlich landete auch ein Seilende direkt vor ihren Füßen.

Lucy band es sich sorgfältig um die Hüften und rief: »Zieht!«

Das Seil straffte sich, und Lucy wunderte sich, dass Dad und Pedro sie so schnell hochziehen konnten. Sie wog zwar nicht viel, aber die beiden legten sich offenbar ziemlich ins Zeug.

Endlich erreichte sie den Rand des Schachts, und nun sah sie, warum es so schnell aufwärts gegangen war.

Ihr Vater und Pedro hatten sie nicht allein hochziehen müssen. Sie hatten Hilfe bekommen. Alfonso war wieder da. Und er hatte Verstärkung mitgebracht: ein halbes Dutzend uniformierter Polizisten.

Die Männer lächelten ihr zu und klopften ihr auf die Schultern. Aber erst einmal nahm ihr Vater sie in die Arme.

Lucy war glücklich. Obwohl es mal wieder eine Menge zu erklären gab …

Lucy war ungeheuer erleichtert, aber auch ziemlich verblüfft und wollte natürlich wissen, wie die Polizisten in die vergessene Stadt gekommen waren.

Der Kommandant des kleinen Polizeitrupps, ein älterer Mann mit grauem Schnurrbart, ergriff das Wort; er hieß Inspektor Ortega.

»Villahermosa ist eine kleine Stadt, *Señorita*. Die Polizei behält die Ganoven im Auge. Wir kennen unsere schweren Jungs. Daher blieb es meinen Männern nicht verborgen, als drei Americanos einige von unseren einheimischen Verbrechern anwarben. Sehr verdächtig, sagte ich mir. Und ich gab den Befehl, diese Kerle auf ihrem Weg in den Urwald unauffällig zu verfolgen. Unterwegs trafen wir dann *Señor* Alfonso Ruiz«, er deutete auf Pedros Bruder, »und dessen Cousins. Wir hörten von mysteriösen Vorfällen, und ich glaube, Alfonso wurde auch von seinem schlechten Gewissen geplagt. Er wollte zurück zu seinem Bruder. Und zu Ihnen, *Señorita*, sowie zu Ihrem Vater.«

»Alfonso hat Sie also hierhergeführt?«, fragte Lucy den Polizisten.

Inspektor Ortega nickte. »Kurz bevor wir den Kratersee erreichten, liefen uns die Verbrecher entgegen. Sie waren in heller Panik, faselten von einem Schlangendämon. Ich habe sie erst einmal festnehmen lassen. Ich werde für sie einen Transporthubschrauber anfordern müssen.«

»Da hätte ich noch einen weiteren Passagier für Sie!«, eröffnete Lucy. Und sie berichtete davon, wie sie Doc Bones in die Falle gelockt hatte.

Der Inspektor war hocherfreut, auch den Anführer der Bande festnehmen zu können. Lucy musste einige Polizisten in das Labyrinth führen, wo Doc Bones inzwischen fast heiser war von der vielen Flucherei.

Die Beamten schafften es, ihn zu befreien. Dazu mussten sie allerdings einige Felszacken mit Hämmern und Meißeln entfernen. Doc Bones hatte außer einigen Schürfwunden keine Verletzungen davongetragen.

Er schaute Lucy böse an. Doch gleich darauf klickten die Handschellen um seine Gelenke.

Weder Lucys Vater noch Pedro waren Alfonso böse. »Es kann jedem einmal passieren, dass er die Nerven verliert«, sagte Dad.

Nur der Schatz stand noch aus.

»Ich bin zwar keine Altertumsforscherin«, sagte Lucy, »aber ich könnte mir einen Platz vorstellen, wo sich das Gold vielleicht befindet.«

»Wirklich?«, fragte Dad. »Dann übernimmst du ab jetzt am besten die Führung, Lucy.«

»Wir müssen nur in das Gebäude zurückkehren, das wir uns als erstes angesehen haben.«

Sie nahmen ihre Taschenlampen und gingen zu dem lang

gestreckten Haus. Doc Bones wurde inzwischen von den Polizisten fortgeschafft.

»Mein Gedanke ist ganz einfach«, sagte Lucy auf dem Weg dorthin. »Wir haben dort die Skelette der aztekischen Krieger gefunden. Uns ist nicht klar, woran sie gestorben sind. Vielleicht verhungert. Oder eine ansteckende Krankheit hat sie alle dahingerafft. Jedenfalls haben sie sich in den letzten Stunden ihres Lebens an diesem Ort versammelt. Warum? Vielleicht, weil sie den Schatz bis zum letzten Atemzug schützen wollten. So wie es ihre Aufgabe war.«

Das erschien auch Dad und Pedro logisch. Sie schoben vorsichtig die Gebeine der Krieger zur Seite, stießen unter dem dicken Staub auf eine Steinplatte, die Lucys Dad mit einem Brecheisen mühevoll hochstemmte, und entdeckten in dem darunter eingelassenen Geviert eine Truhe.

»Der Aztekenschatz«, flüsterte Pedro andächtig.

»Hmm ...«, brummte Lucys Dad nur, der gar nicht überzeugt schien.

Er und der mexikanische Junge gingen in die Knie. Sie packten die Griffe an beiden Seiten der Truhe und spannten die Muskeln an. Zu ihrer größten Überraschung ließ sich das Behältnis einigermaßen leicht hochheben. Sie hievten es aus der Grube und stellten es auf den Boden daneben.

Einen Moment lang sagte niemand ein Wort. Die drei schauten nur die Truhe an. Sie war mit dünnem Goldblech verziert, feinste aztekische Handwerkerarbeit.

»Öffne du die Truhe, Lucy«, sagte ihr Vater. »Das hast du dir verdient.«

Das Mädchen wartete noch etwas, um diesen besonderen Moment bewusst zu genießen. Es war das erste Mal, dass sie ihren Vater auf einer seiner Forschungsreisen begleitet hatte. Sie hatte bisher immer nur von seinen Abenteuern in fremden Ländern gehört, meist von ihrer Mom.

Der Gedanke an ihre Mutter machte sie traurig. Aber nur einen Moment lang. Nichts konnte ihre Mutter wieder lebendig machen. Aber Lucy war überzeugt davon, sich auch weiterhin gut mit ihrem Vater verstehen zu können.

Das Mädchen schämte sich auf einmal dafür, dass es seinem Dad nicht geglaubt hatte, warum er nicht zur Beerdigung ihrer Mutter hatte erscheinen können. Inzwischen hatte sie selbst erfahren, was für unvorhergesehene Dinge auf solchen Forschungsreisen geschehen konnten. Sie würde ihren Vater in Zukunft mit anderen Augen sehen.

Lucy atmete tief durch. Dann öffnete sie die Truhe.

Darin befand sich kein großer Goldschatz, sondern ein halbes Dutzend kleiner Doppelschlangen, so wie jene, die Dad ihr zuhause in den USA gezeigt hatte. Ansonsten bestand der Inhalt größtenteils aus dünnen Steinplatten. Und in diese rechteckigen Platten hatten aztekische Meister ihre schwer verständliche Bilderschrift geritzt.

Ihr Vater trat hinter Lucy. Er legte ihr die Hände auf die Schultern.

»Doc Bones wäre sicherlich nicht zufrieden gewesen mit diesem Fund, Lucy. Für einen Gangster ist das kein Schatz. Aber für einen Wissenschaftler schon.«

»Wieso?«

»Diese Schriften müssen natürlich erst einmal ausgewertet werden. Aber es sieht so aus, als wäre das die bisher vollständigste schriftliche Hinterlassenschaft aus dem Aztekenreich.«

»Und was ist mit dem aztekischen Königsschatz, Dad?«

Ihr Vater zuckte mit den Schultern. »Vielleicht ist das nur eine Legende, Lucy. Auch damit muss man in meinem Beruf rechnen.« Er wies wieder auf den Inhalt der Kiste. »Doch dieser Fund ist wertvoller als alles Gold der Welt. Vielleicht können diese Steinplatten Licht ins Dunkel der aztekischen Geschichte bringen. Denn vieles, was in der Zeit vor der spanischen Eroberung geschah, ist der Geschichtswissenschaft bis heute unklar.«

»Dann ist also diese Expedition ein Erfolg für dich, Dad?«

»Auf jeden Fall, Lucy. Das wäre sie sogar dann, wenn wir gar nichts gefunden hätten. Denn wir haben dieses Abenteuer gemeinsam bestanden. Und ich bin so ungemein stolz, eine Tochter wie dich zu haben.«

Lucy drehte sich halb um und lächelte ihren Vater an. In ihrem Kopf herrschte ein Wirrwarr. Sie musste an die Doppelschlangen denken, an die Azteken und deren Pyramiden, an die Tempel und die Menschenopfer und die spanischen Eroberer.

Dann fiel ihr Blick auf den verliebt lächelnden Pedro. Und Lucy wurde klar, dass auch sie selbst eine Eroberung gemacht hatte. Und sie freute sich schon sehr auf die Zeit, die sie mit Pedro vor ihrer Rückkehr in die Staaten noch verbringen konnte.

Lucys Leben hatte also wieder eine Wende genommen.